COLLECTION FOLIO

D. H. Lawrence

L'épine
dans la chair

et autres nouvelles

*Traduit de l'anglais
par Colette Vercken*

Gallimard

Ces nouvelles sont extraites du recueil
Les filles du pasteur (Folio n° 1429).

© *Éditions Gallimard, 1961.*

David Herbert Lawrence naît en 1885 à Eastwood, au cœur de l'Angleterre. Si son père est un mineur alcoolique et analphabète, sa mère, issue d'une famille bourgeoise et très croyante, est institutrice. L'enfant, très proche d'elle, reçoit une éducation contrastée. Il publie son premier roman en 1911, *Le paon blanc*, puis en 1913 *Amants et fils*, l'histoire d'un jeune homme qui ne peut se détacher de sa mère pour parvenir à une indépendance affective. C'est à peu près à la même époque qu'il rencontre en Allemagne Frieda von Richthofen, l'épouse de l'un de ses professeurs. Commence une liaison passionnée et Frieda abandonne mari et enfants pour le suivre en Angleterre et l'épouser. Les voyages rythment la vie du jeune couple, Lawrence ne supporte pas la rigidité de la société anglaise et espère échapper ainsi au conformisme britannique. Il vivra successivement en Italie, en Allemagne, en Australie, au Mexique et au Nouveau-Mexique. Au cours de ce long périple, Lawrence écrit *Kangourou* (1923) et *Jack dans la brousse* (1923), tous deux inspirés de son séjour en Australie, *Le serpent à plumes* (1924), *L'amazone fugitive* (1928) et *La princesse* (1928). De retour en Europe, il écrit *L'amant de lady Chatterley* qui paraît en 1929. Le roman provoque un scandale et est censuré en Angleterre ; sa publication ne sera autorisée qu'en 1960. D.H. Lawrence reprend ses voyages, allant de ville en ville. Il meurt en 1930, de tuberculose, à Vence. Quelques années plus tard, Frieda fera transporter ses cendres à Taos, au Nouveau-Mexique.

Malgré l'odeur de soufre qui l'a longtemps entouré, Lawrence a laissé une œuvre riche et abondante : nouvelles, romans, essais, poésie, récits de voyages...

Découvrez, lisez ou relisez les livres de D.H. Lawrence :

L'AMANT DE LADY CHATTERLEY (Folio n° 2499)

AMANTS ET FILS (Folio n° 1255)

L'ARC-EN-CIEL (L'Imaginaire n° 43)

FEMMES AMOUREUSES (Folio n° 2102)

LES FILLES DU PASTEUR (Folio n° 1429 et Folio Bilingue n° 96)

L'HOMME ET LA POUPÉE (Folio n° 1340)

L'HOMME QUI ÉTAIT MORT (L'Imaginaire n° 6)

JACK DANS LA BROUSSE (L'Imaginaire n° 504)

KANGOUROU (Folio n° 2848)

LA VIERGE ET LE GITAN (Folio Bilingue n° 30)

L'épine dans la chair

1

Le vent soufflait en rafales, qui faisaient blanchir les peupliers par intervalles, comme des torches mouvantes. Des nuages rapides morcelaient le bleu du ciel. Les champs de la plaine étaient tachetés de soleil, l'orge et les vignes dans l'ombre. Dans le lointain très bleu, la cathédrale étincelait sur le ciel, et les maisons de Metz moutonnaient derrière, ainsi qu'une colline estompée.

Les baraques du camp étaient installées en pleins champs sur un espace de terre battue, près des tilleuls. C'étaient des cabanes à toit rond, en tôle rouillée, qu'égayaient les capucines des soldats. Il y avait un petit potager sur le côté, avec des rangées de laitues jaunissantes, et au fond le champ de manœuvres, vaste espace dur et sec entre ses fils barbelés.

À cette heure de l'après-midi, les baraques étaient désertes, tous les lits repliés. Les soldats flânaient sous les tilleuls en attendant l'exercice. Bachmann s'assit sur un banc à l'ombre dans leur parfum entêtant. Les fleurs vert pâle jonchaient le sol. Il s'installa pour écrire sa carte postale hebdomadaire à sa mère. C'était un long et souple garçon blond, d'aspect avenant. Sagement, il s'appliquait à « faire sa lettre ». Son uniforme bleu, qui godait sur son dos penché, engonçait sa jeune silhouette. Sa main hâlée, immobile, attendait l'inspiration. Il n'avait encore écrit que : « Chère maman ». Puis, d'un seul coup, il griffonna : « Merci beaucoup de votre lettre et de son contenu. Tout va bien ici. Nous allons faire l'exercice sur les remparts. » Là il s'arrêta et resta en suspens, sans penser à rien, l'esprit nulle part. Il jeta un regard sur la carte. Mais il ne pouvait plus écrire. Son esprit était comme noué et il ne pouvait en faire sortir un mot. Il signa, et jeta autour de lui le regard inquiet d'un homme qui craint d'avoir été surpris dans son intimité.

Il y avait dans ses yeux bleus une expression intelligente, et ses lèvres étaient pâles sous une petite moustache luisante. Il était presque féminin d'aspect et de mouvements. Mais avec quelque chose de martial, comme quelqu'un qui a foi en une discipline, et qui aime son devoir. D'habitude il y avait une ombre d'aplomb juvénile dans le pli de la bouche et dans l'allure souple du corps. Mais pour l'instant on ne pouvait pas s'en apercevoir.

Il mit la carte dans la poche de sa tunique, et alla se joindre à un groupe de camarades qui flânaient à l'ombre, causaient, et riaient fort. Aujourd'hui il était très loin d'eux. Mais il restait à leur côté pour la chaleur de leur présence. Au fond de lui-même quelque chose le tirait à part.

À ce moment ils reçurent l'ordre de se mettre en rangs. Le sergent arrivait pour commander l'exercice. C'était un homme d'une quarantaine d'années, lourd et fortement charpenté. Sa tête s'inclinait en avant, enfouie entre de puissantes épaules, et sa forte mâchoire pointait, agressive. Mais le regard était vague, la physionomie amollie d'alcool.

Il cria ses ordres d'une voix brève, aboyante, et la petite troupe s'ébranla, hors de la cour close de fils de fer, vers la route, d'un pas rythmé qui soulevait la poussière. Bachmann, dans une des files intérieures, marchait dans une atmosphère étouffante, à moitié suffoqué de chaleur, de poussière et de manque d'air. À travers les corps en mouvement de ses camarades, il apercevait les ceps de vignes poudreux au bord de la route, les pavots papillotant parmi les vesces. Au loin, les grands espaces de ciel et de campagne, libres dans le soleil et la brise. Mais il était prisonnier, dans un sombre cachot d'angoisse, au milieu de lui-même.

Il marchait avec son aisance habituelle, étant en bonne santé et bien entraîné. Mais son corps allait tout seul. Son âme était retenue ailleurs. Et tandis qu'ils approchaient de la ville, les facultés du garçon s'absorbaient de plus en plus, le corps actionné par une sorte d'impulsion mécanique, dirigé par un simple contrôle matériel.

Ils quittèrent la grand-route et prirent à la file indienne un sentier qui descendait entre les arbres. Tout était silence et verdure mystérieuse, dans l'ombre des feuillages et les grands espaces verts d'herbe vierge. Puis ils arrivèrent en plein soleil, devant une douve pleine d'eau silencieuse, allongée entre les berges fleuries, au pied des fortifications, qui s'élevaient en terrasses aux pentes nettes, adoucies de longues herbes au sommet. Des pâquerettes et des sabots de la Vierge piquetaient d'or et de blanc l'herbe juteuse, intacte ici dans la solitude profonde des remparts. Autour se groupaient des bouquets d'arbres. Çà et là un souffle de brise mystérieuse inclinait les têtes des longues herbes qui coiffaient les épaulements, comme pour des signaux d'alarme.

Les soldats s'étaient arrêtés à l'extrémité de la douve, dans leurs uniformes brillants, bleu et rouge. Le sergent leur expliquait la manœuvre, et le son tranchant de sa voix ébranlait la paix intacte du lieu. Ils écoutaient, avec des efforts pénibles pour comprendre.

Quand il eut fini, les hommes se mirent en mouvement. De l'autre côté de la douve le rempart s'élevait, uni et plan au soleil, en pente douce de l'autre côté. Le long de la crête l'herbe était épaisse, de grandes marguerites y étaient posées, et se découpaient dans une lumière magique sur le fond sombre des feuillages. On entendait distinctement le bruit de la rue, le grincement des trams, mais cela n'entamait pas le calme de ces lieux.

L'eau était immobile dans la douve. La manœuvre commença en silence. Un des soldats prit une échelle, passa sur l'étroite corniche au pied du rempart, et tournant le dos à la douve, se mit en devoir de la fixer sur la paroi. Il était là, tout seul et tout petit, au pied de ce grand mur, à chercher un point d'appui pour son échelle. Il le trouva à la fin, et la silhouette rampante et gauche, dans son uniforme flottant, commença son ascension. Les autres soldats regardaient. De temps en temps le sergent aboyait un ordre. Lentement la petite forme hésitante s'élevait le long de la paroi. Bachmann sentit ses entrailles se fondre en eau. Le grimpeur se traîna jusqu'à la terrasse supérieure ; on le vit remuer, bleu et net parmi l'étincelante verdure. Le sous-officier, en bas, cria quelque chose. Le soldat fit cinq ou six pas, fixa l'échelle à un autre endroit, et commença à descendre avec précaution. Bachmann regardait le pied aveugle qui tâtait l'air, cherchant l'échelon, et tout s'écroulait derrière lui. Le soldat se recroquevillait, agrippé contre la paroi, glissant en arrière, comme un insecte épouvanté, en train de se frayer un chemin. Il descendait lentement, surveillant chaque mouvement. Enfin, tout en sueur et la figure contractée, il reprit pied sans dommage et alla rejoindre les autres. Mais son corps restait raidi, et son expression vide, machinale, n'était plus celle d'un être humain.

Bachmann demeurait là comme enchaîné, attendant son tour, et sa défaillance certaine. Quelques-uns grimpaient assez lestement et sans crainte apparente. Cela lui prouvait que la chose était faisable, et rendait son propre cas plus désespéré. Il aurait tant voulu se sentir capable de le faire comme eux, tout simplement.

Son tour vint. Il savait d'instinct que personne n'avait deviné son inquiétude. Le sous-officier le considérait comme un objet mécanique. Il essaya de faire face à la situation, d'affronter bravement la chose. Les organes noués d'angoisse, cependant encore maître de lui, il prit l'échelle et vint au bas du mur. Il arriva rapidement à la placer, et un espoir farouche s'empara de lui. Aveuglément il commença à grimper. Mais l'échelle ne semblait pas très solide, et à chaque échelon une vague de malaise et de vertige tombait sur lui. Il monta plus vite. Si seulement il pouvait continuer à se tenir en main, il y arriverait. Il s'en rendait compte au milieu de son angoisse. Ce qu'il ne comprenait pas, c'était cette convulsion de folle terreur que ramenait avec violence chaque oscillation de l'échelle, qui fondait presque ses entrailles et toutes ses articulations, et le laissait sans force. Si cela augmentait, il était perdu. Désespérément il s'accrocha. Maintenant il connaissait cette terreur et ses effets : il fallait seulement garder sa prise ferme. Il savait tout cela. Cependant quand l'échelle oscillait une fois de plus et que le pied lui manquait, la grande bouffée de terreur empoignait son cœur et ses entrailles, et il se sentait fondre de faiblesse, un peu plus chaque fois, dans l'horrible peur et l'abandon de tout, fondre jusqu'à tomber.

Cependant il s'élevait lentement de plus en plus haut, les yeux désespérés fixés sur le ciel, et toujours conscient du vide derrière lui. Mais son être tout entier, corps et âme, semblait prêt à se dissoudre. Il aurait tout lâché pour que cela finît. Tout à coup son cœur se mit à rouler dans sa poitrine. Il coulait à pic d'un trait, remontait un peu, et s'enfonçait de nouveau dans une plongée d'horreur. Il resta appuyé au mur, inerte, comme mort, et calme, sauf une profonde intuition d'angoisse qui lui disait que ce n'était pas fini, qu'il était toujours suspendu dans le vide, contre le mur. Mais l'effort de sa volonté était à bout.

Alors il eut conscience d'une petite sensation extérieure. Cela le réveilla un peu de son engourdissement. Qu'était-ce ? Lentement il se rendit compte : son urine avait descendu le long de sa jambe. Il resta là, cramponné, honteux, à demi conscient de la voix tonnante du sergent en bas. Il attendait dans des abîmes de honte et commençait à se retrouver lui-même. Il avait été profondément humilié.

Mais il avait dominé sa crainte : il fallait continuer. Il était publiquement humilié. Il devait continuer. Lentement il se mit à tâtonner, à la recherche du barreau supérieur, quand un grand choc le secoua de la tête aux pieds. Quelqu'un lui avait saisi les poignets par en haut, et le hissait jusqu'à la terre ferme, malgré lui. Comme un sac, de grosses mains l'amenèrent sur la crête ; il atterrit sur les genoux, resta un moment par terre, étendu dans l'herbe à plat ventre, pour reprendre ses sens, puis se mit sur ses pieds.

La honte, une honte profonde, totale, ignominieuse, l'avait envahi et le laissait bouleversé. Il restait là tout contracté, et aurait voulu se rendre invisible.

Alors s'imposa à lui la présence du sous-officier qui l'avait hissé là. Il entendit le halètement de l'homme, et sa voix comme un coup de fouet sur lui. Il courba le dos, dans un paroxysme d'humiliation.

— La tête droite. Regardez-moi, cria le sergent furieux.

Et machinalement le soldat obéit, forcé de rencontrer son regard. La face brutale, pendante, le fit sursauter. Il tendit toute son énergie pour ne pas la voir. Le bruit strident de la voix du sergent continuait à le lacérer tout entier.

Tout à coup, il recula sa tête, rigide, et son cœur bondit à se briser. La face s'était subitement rapprochée, elle était tout contre lui, les dents découvertes, les yeux vagues ; le souffle des mots aboyés était sur son nez et sa bouche. Il fit un pas de côté, horrifié. Avec un hurlement, la face revint sur lui. Il leva le bras machinalement, dans un réflexe de défense. Une onde d'horreur le traversa : son coude avait heurté brutalement la figure du sous-officier. Celui-ci chancela, oscilla en reculant et, avec un cri bizarre, roula en arrière du haut du rempart, les mains crispées sur le vide. Il y eut une seconde de silence et un clapotis d'eau.

Bachmann, raidi, regardait comme d'une tour de silence. Les soldats se mirent à courir.

— Tu ferais bien de te barrer, dit une jeune voix excitée.

Immédiatement, instinctivement, il se mit en route. Il descendit le sentier bordé d'arbres, jusqu'à la route où circulaient les trams. Dans son cœur il se sentait justifié, libéré. Il allait quitter tout cela : cette vie militaire, et cette honte ; s'en échapper sans retour.

Des officiers à cheval se promenaient dans la rue, des soldats passaient sur la chaussée. Bachmann traversa le pont et entra dans la ville, qui s'élevait devant lui, depuis les pittoresques vieilles maisons françaises du quai, jusqu'à la belle cathédrale, avec ses centaines de pinacles qui pointaient dans le ciel, en passant par-dessus le chaos des toits, et les noires crevasses des rues.

Il se sentait alors tout à fait tranquille, soulagé après un pénible effort. Il tourna le long de la rivière, vers le jardin public. Les lilas étaient de beaux récifs de pourpre au milieu du gazon si vert ; et les marronniers faisaient de merveilleuses murailles, éclairées comme un autel par des candélabres blancs, de chaque côté de l'allée. Des officiers flânaient, élégants et bigarrés ; des femmes, des jeunes filles, marchaient lentement dans l'ombre pommelée. C'était beau. Il marchait, libre, dans une extase.

2

Mais où allait-il ? Il commençait à sortir de son ravissement de joie et de liberté. Au plus profond de lui-même, la honte recommençait à le brûler dans sa chair. Cependant il ne pouvait en supporter la pensée claire. Mais elle demeurait, submergée au fond de sa conscience, l'humiliation saignante, et le brûlait toujours.

Ce n'était pas l'intelligence qui lui manquait, ni le bon sens. Mais il n'osait encore se rappeler ce qui était arrivé. Il ne connaissait plus que le besoin d'être ailleurs, loin de tout ce qui avait été son existence récente.

Mais comment ? Une peur angoissée le traversa. Il ne pouvait supporter l'idée que sa chair humiliée dût subir de nouveau le contact des mains de l'autorité. Déjà ils l'avaient touché brutalement dans sa nudité, mettant au jour sa honte, et le laissant infirme, atteint de paralysie dans sa propre volonté.

Sa peur devint de la terreur. Presque machinalement il prit la direction du camp ; il ne pouvait plus se diriger lui-même. Il fallait qu'il se mît entre les mains de quelqu'un. Alors son cœur, cramponné à l'espoir, se remplit de la pensée de sa fiancée. Il allait se livrer à elle.

Prenant courage, il retourna sur ses pas, monta dans le petit tram pressé qui sortait de la ville, dans la direction du camp. Il y resta assis sans un mouvement, le maintien fixe.

Il quitta le tram au terminus et descendit la route. Le vent soufflait toujours. Il entendait le faible murmure de l'orge, que les rafales renforçaient subitement. Le chemin était désert. Complètement détaché de lui-même, il prit un sentier entre les vignes basses. Les ceps s'élevaient en lignes festonnées, avec leurs tendres bourgeons roses, leurs vrilles agitées par la brise ; ils l'intéressaient extraordinairement. Dans une prairie, un peu plus loin, des hommes et des femmes ramassaient le foin. Vers la charrette à bœufs arrêtée le long du chemin, les hommes en chemises bleues, les femmes en coiffe blanche, allaient et venaient, nets et brillants sur le velours ras des prés. Il se vit tout d'un coup seul dans l'ombre, contemplant la triomphante beauté du monde illuminé autour de lui, hors de lui.

La maison du baron, où Émilie était femme de chambre, s'élevait, massive, patinée par les ans, au milieu des arbres, des jardins et des champs. C'était une ancienne ferme du temps des Français. Le camp était tout près. Bachmann, mû par une seule idée, alla vers la cour, et la traversa. Elle était large, ombreuse, fraîche. Le chien, voyant un soldat, sauta et poussa de petits grognements de bienvenue. Il y avait une pompe, sous un tilleul, dans un coin d'ombre et de paix.

La porte de la cuisine était ouverte. Il hésita un instant, puis entra, timide, avec un sourire involontaire. Les deux femmes sursautèrent, mais leur surprise était joyeuse. Émilie préparait le plateau pour le café de quatre heures. Elle se redressa derrière la table toute souriante, le cœur content, rayonnante. Elle avait les yeux vifs et timides d'une petite bête sauvage, un peu farouche. Ses cheveux noirs étaient soigneusement lissés en bandeaux, son regard gris était calme. Elle portait une robe paysanne en cotonnade bleue imprimée de petites fleurs rouges, étroitement boutonnée sur ses jeunes seins vigoureux. Près de la table était assise une autre jeune femme, la gouvernante des enfants, occupée à choisir des cerises dans un grand tas, et à les jeter dans un bol. Elle était jeune, jolie, avec des taches de rousseur.

— Bonjour, dit-elle gentiment. Quelle surprise !

Émilie ne dit rien. Sa joue sombre rougit. Elle restait immobile, partagée entre une crainte obscure, un désir de fuite, et d'autre part cette joie qui la prenait quand il était là.

— Oui, dit-il, tout intimidé, forcé à parler par les yeux questionneurs des deux femmes. Je me suis mis dans un sale pétrin.

— Comment ? demanda la gouvernante, laissant tomber ses mains sur ses genoux.

Émilie ne fit pas un mouvement.

Bachmann ne pouvait pas lever la tête : il regardait de côté, vers les cerises qui brillaient comme des rubis. Il n'arrivait pas à se retrouver dans l'univers habituel.

— J'ai heurté le sergent Huber sur les fortifications, et il est tombé dans la douve. C'est un accident, mais...

Il prit une poignée de cerises et commença à les manger, inconscient, entendant à peine le petit cri étouffé d'Émilie.

— Vous l'avez fait tomber du haut des fortifications ? répéta Fräulein Hesse, horrifiée. Comment cela ?

Crachant les noyaux de cerises dans le creux de sa main, automatiquement, il leur raconta.

— Ach ! dit seulement Émilie.

— Et comment êtes-vous ici ? demanda Fräulein Hesse.

— Je me suis sauvé, dit-il.

Il y eut un silence de mort. Il restait là, s'étant livré aux deux femmes. Alors on entendit un sifflement du côté du fourneau et l'odeur du café devint plus forte. Émilie se retourna vivement. Il vit son dos bien droit, et ses hanches solides, comme elle se penchait sur le fourneau.

— Mais qu'est-ce que vous allez faire ? dit Fräulein Hesse, terrifiée.

— Je ne sais pas, dit-il, attrapant d'autres cerises.

Il était maintenant incapable d'aucune décision.

— Vous feriez mieux de retourner au camp, dit-elle. Nous demanderons à M. le baron. Il s'en occupera.

Émilie préparait son plateau, adroite et calme. Elle le souleva et resta impassible, tenant devant elle son fardeau étincelant d'argenterie et de porcelaine, attendant ce qu'il allait répondre. Bachmann restait la tête penchée, pâle, obstiné. L'idée de s'en retourner lui était insupportable.

— Je vais essayer de passer en France, dit-il.
— Oui ? Eh bien ! vous serez pris, dit Fräulein Hesse.

Les yeux gris d'Émilie étaient calmes et attentifs.

— J'aurai une chance de passer, si je peux me cacher jusqu'à la nuit, dit-il.

Les deux femmes savaient ce qu'il voulait, et elles ne l'approuvaient pas. Émilie souleva le plateau et sortit. Bachmann n'avait pas relevé la tête. Il se sentait étouffé par l'impuissance et la honte, comme sous un monceau de scories.

— Vous ne pourrez jamais passer, dit la gouvernante.
— J'essayerai ! dit-il.

Il lui était impossible, aujourd'hui, de se remettre aux mains de l'autorité. Demain, qu'ils fassent ce qu'ils veulent, si seulement il leur échappait encore un jour.

Le silence revint. Il mangeait des cerises. Les joues de la gouvernante étaient écarlates.

Émilie revint préparer un autre plateau.

— Il pourrait se cacher dans votre chambre, lui dit Fräulein Hesse.

La jeune fille sursauta. Cela lui apparaissait impossible.

— C'est la seule chose à faire, à cause des enfants, dit la gouvernante.

Émilie ne répondit rien. Bachmann attendait entre elles deux. Elle eut tout d'un coup peur de son approche.

— Vous pourriez venir dormir avec moi, lui dit Fräulein Hesse.

Émilie leva les yeux sur le jeune homme et le regarda en face, clairement, sans s'engager.

— Voulez-vous ? demanda-t-elle, à l'abri de sa fermeté virginale.

— Oui, oui, dit-il confusément, anéanti d'humiliation.

Elle redressa la tête.

— Oui, dit-elle, pour elle-même.

Vivement elle garnit son plateau et sortit.

— Mais vous ne pourrez pas atteindre la frontière en une nuit, dit Fräulein Hesse.

— J'irai en bicyclette, dit-il.

Émilie revint, l'air neutre et réservé.

— Je vais rester ici, lui dit la gouvernante.

En une seconde ou deux, Bachmann se vit à la suite d'Émilie dans le vestibule carré, où de grandes cartes pendaient aux murs. Il remarqua un manteau d'enfant sur une patère, bleu avec des boutons dorés, et cela lui rappela un jour où Émilie, donnant la main au plus petit des enfants, était passée devant lui, assis sous les tilleuls. Tout cela était incroyablement loin. Où était cette espèce d'insouciance, d'indépendance, qui avait disparu, remplacée par cette nouvelle angoisse qui l'encerclait ?

Ils montèrent rapidement, sans bruit, un escalier, parcoururent un long corridor. Émilie ouvrit une porte et, tout honteux, il se trouva dans sa chambre.

— Il faut que je descende, murmura-t-elle, et elle le laissa, fermant doucement la porte.

C'était une petite chambre nue et propre. Il y avait un bénitier sous un crucifix, une image du Sacré-Cœur, et un prie-Dieu. Un petit lit blanc et net, la cuvette d'argile rouge sur une table sans ornement, une petite glace et une commode. C'était tout.

Il se sentait en sécurité dans ce petit sanctuaire. Il alla à la fenêtre et regarda, par-dessus la cour, la campagne étalée sous la lumière moins intense déjà. Il allait quitter ce pays, cette existence. Il était entré dans l'inconnu.

Il quitta la fenêtre. Ce qu'il y avait de simple et de sévère dans cette petite chambre catholique lui était étranger, mais le réconfortait. Le Christ, long, raide, rustique, avait été sculpté par un paysan de la Forêt-Noire. Pour la première fois il le vit comme un être humain ; c'était un homme, suspendu dans un martyre effroyable. Il le fixait, de tout près comme s'il ne l'avait encore jamais vu.

Dans sa chair à lui, il sentait toujours la brûlure, l'élancement continu de sa honte. Il ne pouvait plus se ressaisir. Un gouffre s'était creusé dans son âme. L'humiliation l'avait atteint dans ses forces vives. La honte, le sentiment du danger écrasaient son cerveau comme un poids indicible. Automatiquement il ôta ses bottes, sa ceinture, sa tunique, les posa sur le dossier d'une chaise, et tomba pesamment dans une sorte de sommeil hypnotique.

Un peu après, Émilie revint. Elle le regarda : il était profondément endormi ; si immobile, si terriblement calme, qu'elle eut peur. Sa chemise était déboutonnée sur la gorge, elle vit sa chair très blanche, belle et lisse. Il dormait sans un mouvement. Ses jambes, allongées dans le pantalon bleu d'uniforme, ses pieds dans de grosses chaussettes, lui parurent étranges, sur son lit à elle. Elle partit.

3

Elle se sentait mal à l'aise, troublée au plus profond d'elle-même. Personne ne l'avait encore touchée, elle aimait son intégrité. Un instinct farouche la faisait se dérober à tout contact.

C'était une enfant trouvée, probablement d'une famille de bohémiens, élevée dans un orphelinat catholique. Elle était très religieuse, mais d'une façon un peu païenne et instinctive. Elle était très attachée à la baronne, qu'elle servait depuis sept années, depuis l'âge de quatorze ans.

Elle ne fraternisait avec personne, en dehors d'Ida Hesse, la gouvernante. Ida était une fille de bonne humeur, coquette, adroite, pas très franche. Elle était fille d'un médecin de campagne sans fortune. S'étant peu à peu liée avec Émilie — une alliance plutôt qu'une amitié, — elle ne tenait pas compte d'une distinction sociale entre elles. Elles travaillaient ensemble, chantaient les mêmes chansons, se promenaient, et allaient ensemble chez Franz Brand, le fiancé d'Ida. Tous trois causaient et riaient, ou bien elles écoutaient Franz jouer du violon. Il était garde forestier.

Dans cette amitié il n'entrait aucune intimité. Émilie, d'une race primitive, défiante, était d'une réserve innée. Ida la considérait un peu comme un contrepoids à sa propre exubérance. La vive et remuante fille, toujours occupée à quelque flirt, essayait d'intéresser aux hommes la nature passionnée d'Émilie. Mais la fille brune, primitive, et sensible excessivement, était une vierge forte. Son sang bouillonnait quand, sur son passage, les soldats faisaient ce long bruit suçotant de baisers. Elle les haïssait presque pour leurs avances méprisables. D'ailleurs elle était bien protégée par la baronne.

Son mépris des hommes en général était incroyable. Mais elle aimait la baronne, elle respectait le baron, et elle était à son affaire lorsqu'elle s'occupait de leur service. Sa nature était satisfaite par l'obéissance à des maîtres véritables. Pour elle un gentleman était d'une essence mystique, qui lui permettait de rester libre et fière à son service. Mais les simples soldats étaient des brutes, des rien-du-tout. Son vœu était de servir.

Elle restait à l'écart de tout cela. Quand, en passant devant la Reichshalle, le dimanche après-midi, elle voyait les soldats danser avec les filles du peuple, une colère froide la prenait. Elle ne pouvait pas les voir, le ceinturon enlevé, la tunique ouverte, leurs chemises apparaissant dans le débraillé de leurs vestes flottantes, avec leurs gestes brutaux, leurs figures suantes et rougeoyantes ; soutenant sous les aisselles, de leurs grosses mains, leurs grosses danseuses, les attirant sur leur poitrine. Elle détestait voir les couples cramponnés, les jambes des hommes agitées lourdement dans la danse.

Le soir, dans le jardin, quand elle entendait, de l'autre côté de la haie, les rires sensuels et les cris inarticulés des filles, dans les bras des soldats, la colère l'emportait, et une fois elle leur avait crié, d'une voix froide et forte :

— Qu'est-ce que vous faites là, dans la haie ?

Elle aurait voulu les fouetter.

Mais Bachmann n'était pas tout à fait un soldat ordinaire. Fräulein Hesse l'avait découvert, et l'avait présenté à Émilie. C'était un beau garçon blond, bien planté, à la démarche inconsciemment fière. De plus, c'était le fils de riches fermiers, bien établis depuis des générations. Son père était mort, sa mère gérait leur bien en attendant sa majorité. Mais si Bachmann avait besoin de cent livres, il n'avait qu'à les lui demander. Il serait charron, associé avec un de ses frères. De plus sa famille avait la plus grosse ferme du village, et la forge. Ils travaillaient, parce que c'était la seule forme d'existence qu'ils connussent ; mais s'ils avaient voulu, ils auraient pu vivre indépendants sur leurs revenus.

À sa façon, il était un gentleman, par le raffinement de la sensibilité, quoique son intelligence eût été peu cultivée. Il savait se montrer généreux. De plus il avait une délicatesse innée. Émilie hésitait en face de lui. Cependant il devint son fiancé, et elle le désira. Mais elle était vierge et timide, et avait soif d'obéissance, parce qu'elle était primitive, et pour elle les conceptions des civilisés étaient lettre morte.

4

À six heures les soldats vinrent au château. Personne n'avait vu Bachmann ? Fräulein Hesse, ravie de jouer un rôle, répondit :

— Non, je ne l'ai pas vu depuis dimanche. Et vous, Émilie ?

— Non, je ne l'ai pas vu, dit Émilie, avec un embarras qui fut pris pour de la timidité.

Ida Hesse, très excitée, posait des questions, jouait la comédie.

— Comment ! il n'a pas tué le sergent Huber ! cria-t-elle, navrée.

— Non, il est tombé dans l'eau. Mais il est gravement blessé, le pied écrasé sur la margelle. Il est à l'hôpital. C'est un mauvais cas pour Bachmann.

Émilie, complice et prisonnière, restait pensive. Elle n'était plus libre, elle n'était plus un rouage dans ce système bien réglé qu'elle ne cherchait pas à comprendre et qui était sacré pour elle. Elle était arrachée d'elle-même : Bachmann était dans sa chambre, elle n'était plus la servante fidèle, dans l'obéissance et la paix. Cela lui semblait intolérable. Toute la soirée elle sentit le poids de ce fardeau, elle ne respirait plus. Il fallut donner le dîner des enfants et les coucher. Le baron et la baronne sortaient ce soir-là, elle dut s'en occuper. Le domestique rentra souper après les avoir conduits en voiture. Et tout le temps, elle avait cette sensation insupportable d'être sortie du rang, chargée d'une responsabilité bouleversante. La direction de son existence devait venir de ses supérieurs, et elle n'aurait osé bouger sans cela. Mais maintenant c'était fini, il fallait agir seule, sans secours, sans sécurité. Pis que cela, cet homme, son amoureux, Bachmann, qu'était-il ? qu'était-il donc ? Pour elle, lui seul parmi tous les hommes était détenteur de l'inconnu qui la terrifiait, mais qu'elle pressentait au-delà de son existence actuelle. Il lui plaisait comme un fiancé un peu distant, mais pas ainsi, disposant d'elle, l'arrachant à son univers.

Après le départ du baron et de la baronne, et quand le jeune domestique fut sorti, elle monta voir Bachmann. Il s'était réveillé ; elle le trouva assis, morne. Il écoutait les voix de ses camarades, dehors, qui chantaient les refrains sentimentaux du crépuscule, accompagnés par la basse bourdonnante de l'accordéon.

Wenn ich zu mei... nem Kinde geh'...
In seinem Au... g die Mutter seh'...

Pour lui tout cela était fini. Dans la chanson des soldats, seul l'appel sentimental du jeune désir insatisfait lui pénétrait le sang et l'aiguillonnait subtilement. La tête baissée, il s'était levé peu à peu du lit, et il écoutait, concentré, perdu dans un autre monde.

Au moment où elle allait entrer dans cette chambre, où l'homme se tenait seul dans son attente intense, un frisson la traversa, elle crut défaillir de terreur, et une grande flamme monta devant elle et l'aveugla. Il était assis en manches de chemise, sur le bord du lit. Il leva la tête à son entrée, et elle se détourna. C'était intolérable. Cependant elle s'approcha de lui.

— Voulez-vous manger quelque chose ? dit-elle.

— Oui, répondit-il, et la voyant en face de lui dans la lumière du crépuscule, il n'entendait plus que son cœur battant à grands coups sourds, il ne voyait que son tablier, juste au niveau de ses yeux.

Elle demeurait silencieuse, sans se rapprocher de lui, comme si elle devait rester là pour toujours. Il souffrait.

Comme envoûtée, elle attendait, forme immobile, indistincte ; lui restait prostré au bord du lit. Un charme qui venait de lui l'absorbait, la dominait. Elle se rapprocha peu à peu, lentement, comme inconsciente. Son cœur à lui battit plus vite. Il se redressa.

Comme elle arrivait tout près de lui, presque insensiblement, il leva les bras et lui entoura la taille, l'attirant de toutes ses forces désirantes. Il enfouit sa tête dans son tablier, dans la terrible douceur de son ventre. Et il ne fut plus qu'une flamme passionnée. Il avait tout oublié : le sergent, la honte, tout avait disparu, emporté par une furieuse vague de désir.

Elle était tout à fait sans défense. Ses mains tremblantes se jetèrent en avant et se refermèrent sur la tête du garçon, la pressant plus fort sur son sein, toute frémissante. Les bras se resserrèrent sur elle, les mains empoignèrent ses reins, brûlantes sur sa beauté. C'était une agonie de joie, et elle perdit connaissance.

Quand elle la retrouva, elle reposait dans la paix de la satisfaction.

C'était ce qu'elle ne se serait jamais figuré ; elle ne se doutait pas qu'une chose semblable pût être. Elle était forte d'une éternelle gratitude. Et il était là, près d'elle. Instinctivement, d'un élan de soumission reconnaissante, ses bras resserrèrent leur étreinte autour de lui, qui la tenait étroitement embrassée. Lui se sentait revivre, comblé. Cette petite caresse complice qu'elle lui avait donnée dans sa joie animait en lui une fierté indomptable. Ils s'aimaient tous les deux ; plus rien d'autre ne comptait. Elle l'aimait, il l'avait prise, elle s'était donnée. Tout était bien. Il était à elle, et à deux ils n'étaient plus qu'un.

Épanouis, une lumière sur leurs visages et dans leurs cœurs, ils se relevèrent, humbles, mais transfigurés de joie.

— Je vais vous chercher quelque chose à manger, dit-elle, et elle le quitta dans le contentement et la sécurité de servir, pensant ainsi lui offrir un nouvel hommage.

Il resta assis au bord du lit, libéré, délivré, dans un tranquille émerveillement.

5

Elle revint bientôt avec un plateau de victuailles, suivie de Fräulein Hesse. Les deux femmes le regardaient manger, admiraient sa jolie allure fine, sa blondeur, son aisance, Émilie se sentait comblée, enrichie. Qu'était cette pauvre Ida à côté d'elle ?

— Et qu'allez-vous faire ? demanda Fräulein Hesse, jalouse.

— Je vais m'en aller, dit-il.

Mais ces mots ne signifiaient rien pour lui. Cela n'avait plus d'importance. Il avait le sentiment profond du bonheur et de la liberté.

— Mais il vous faut une bicyclette, dit Fräulein Hesse.

— Oui, dit-il.

Émilie se taisait, à l'écart, et cependant avec lui, unie à lui dans la passion. Elle écoutait de loin cette histoire de bicyclette et de fuite.

Ils discutèrent plusieurs plans. Mais deux d'entre eux n'avaient qu'un désir : que Bachmann restât près d'Émilie. Fräulein Hesse n'était plus qu'une étrangère entre eux.

Cependant ils convinrent que le fiancé d'Ida laisserait sa bicyclette à la maison forestière, où il était souvent de garde. Bachmann la prendrait là à la nuit, et filerait en France. Leurs cœurs battaient lourdement dans l'attente, mis enfin en face de la situation. Ils s'échauffaient peu à peu l'imagination.

Alors Bachmann partirait pour l'Amérique, et là Émilie irait le rejoindre. C'était un beau pays. Ils faisaient des projets pour plus tard.

Émilie et Ida devaient aller trouver Franz Brand. Elles partirent sur un léger adieu. Bachmann demeura seul dans l'obscurité, tout à coup traversée du son du bugle, qui sonnait le couvre-feu. Alors il se souvint de la carte pour sa mère. Il courut après Émilie, la rejoignit dans le couloir, la lui remit. Il était insouciant, victorieux, elle rayonnante et confiante. Il retourna à sa cachette.

Alors il s'assit sur le lit et se mit à penser. Il repassa dans son esprit les événements de la journée. Il se souvint de son angoisse, de son appréhension, parce qu'il savait qu'il ne pourrait escalader la muraille sans défaillir. Un nouveau flot de honte germa en lui. Mais il se dit : « Qu'est-ce que ça fait ? Je n'y peux rien, voilà tout. Si je regarde d'une certaine hauteur, la tête me tourne, et je n'y peux rien. » Le souvenir revint en lui, et une bouffée de honte, comme du feu. Mais il la laissa passer. Il fallait accepter cela, l'admettre, le souffrir. « Je ne suis pourtant pas un poltron, continua-t-il. Je n'ai pas peur du danger. Si je suis fait ainsi, si le vide me donne le vertige, et me fait lâcher mon urine », c'était une souffrance pour lui de se formuler cette vérité : « Il faut que je m'y résigne, voilà tout. Ce n'est pas ma faute. » Il pensa à Émilie, et fut réconforté. « Je suis comme je suis et ça suffit », pensa-t-il.

Ayant reconnu sa faiblesse, il resta pensif, attendant qu'Émilie revînt, pour lui en parler. À la fin elle arriva, et lui dit que Franz ne pouvait pas prêter sa bicyclette cette nuit : elle était en réparation. Bachmann devait rester un jour de plus. Tous deux étaient heureux. Émilie, honteuse devant Ida, qui était agitée et fébrile, revint trouver le jeune homme, toute raidie, bouleversée par la nouveauté de la situation. Mais il la prit entre ses mains, la dévêtit, et posséda dans une folie son corps vierge et sans défense, qui souffrait si courageusement, et prenait si profondément sa joie. Les yeux humides de pudeur et de souffrance, elle le serrait plus fort et plus près, jusqu'à leur double victoire, jusqu'au contentement profond d'eux-mêmes. Et ils dormirent côte à côte, lui calme et comblé au milieu de son repos, elle tout contre lui, dans son immuable vérité.

6

Au matin, réveillés par les bugles du camp, ils se levèrent et regardèrent par la fenêtre. Elle aimait ce corps blond et fier, et qui savait commander. Et il aimait ce corps moelleux et éternel. Ils regardaient la pâle brume estivale qui s'exhalait en volutes de la verdure et des champs mûrs. La ville était invisible, le rayonnement du matin d'été arrêtait leurs regards. Leurs corps se reposaient ensemble, leurs esprits étaient calmes. Mais le son du bugle éveillait en eux une petite inquiétude ; Émilie était ramenée à sa situation d'hier, il lui fallait reconnaître cet univers hiérarchisé, où elle ne désirait pas comprendre, mais servir. Mais cela passa vite. Elle possédait tout.

Elle descendit à son travail, étrangement changée. Elle habitait un monde nouveau, bien à elle, qu'elle n'aurait jamais imaginé, et qui était certainement la Terre Promise. Là elle existait, allait et venait, en accomplissant ses tâches journalières, qui s'y englobaient. Elle était incroyablement heureuse et absorbée. Son travail ne la faisait pas sortir de sa joie. Elle accomplissait sa besogne sans s'en apercevoir. Cela s'épanchait délicieusement, comme un rayon de soleil, cette activité qui venait d'elle et qui accomplissait ses tâches.

Bachmann était resté à penser, intensément. Il fallait tout combiner d'avance. Il faudrait écrire à sa mère, qui lui enverrait de l'argent à Paris. Car il irait à Paris, et de là, sans tarder, en Amérique. C'est cela qu'il fallait faire. Tout devait être préparé soigneusement. Le plus dangereux c'était le passage en France. Il frissonna en y songeant. Il lui faudrait avoir aujourd'hui un indicateur des trains pour Paris. Il faudrait y penser. Cela lui donnait un plaisir exquis, de mettre en branle toutes ses facultés. C'était une vraie aventure.

Encore un jour, et il serait libre. Quel besoin déchirant il avait d'une liberté absolue, totale ! Il avait triomphé vis-à-vis de lui-même, en lui et en Émilie, il avait effacé la marque de sa honte, il était enfin lui-même. Et maintenant il désirait comme un fou la liberté. Une maison, son travail, et la liberté d'exister, de vivre avec elle, c'était son vœu unique. Il y pensait dans une sorte d'extase, durant ces secondes terriblement intenses.

Tout à coup, il entendit des voix, et le piétinement de plusieurs hommes. Son cœur fit un bond, puis s'arrêta. Il était pris. Il l'avait toujours su. Son corps et son esprit s'emplirent de silence, un silence mortel, un arrêt de la vie et de la conscience. Il resta inerte, complètement anéanti, dans l'affreuse attente.

Émilie était occupée dans la cuisine à préparer le déjeuner des enfants, quand elle entendit le bruit des pas et la voix du baron. Celui-ci arrivait du jardin, habillé d'un vieux costume de toile verte. C'était un homme de taille moyenne, d'allure vive, aux extrémités fines, doué d'un charme particulier. Il avait été blessé à la main droite pendant la guerre franco-allemande, et à ce moment, comme toujours quand il était ému, il agitait cette main le long de son corps, comme s'il en souffrait. Il échangeait des phrases rapides avec un jeune sous-lieutenant tout raide. Sur le pas de la porte attendaient deux soldats, gauches, pareils à de jeunes ours.

Émilie, arrachée hors d'elle-même, se figea, pâle et droite, prête à défaillir.

— Eh bien, si vous le croyez, nous allons voir, disait le baron d'une voix brève, coléreuse.

— Émilie, reprit-il en se tournant vers elle, avez-vous mis à la poste une carte pour la mère de ce Bachmann, hier soir ?

Émilie, toujours droite, ne répondit rien.

— Oui ou non ? dit le baron, sèchement.

— Oui, monsieur le baron, répondit Émilie, d'un ton neutre.

La main blessée du baron s'agita nerveusement. Le lieutenant se raidit encore un peu plus : il avait raison.

— Est-ce que vous connaissez ce garçon ? demanda le baron, la fixant de ses yeux brillants, d'un gris doré.

La jeune fille lui rendit son regard tranquillement ; sans un mot, mais son âme était nue devant lui. Deux secondes il la regarda en silence. Puis, honteux, furieux, il lui tourna le dos.

— Montez ! dit-il au jeune officier, d'un ton de commandement.

Le lieutenant donna des ordres, d'une voix basse et froide, aux deux soldats. Ensemble ils traversèrent le hall. Émilie restait sans mouvement, toute sa vie suspendue.

Le baron les mena d'un pas rapide en haut de l'escalier, puis le long du couloir. Il ouvrit brusquement la porte de la chambre d'Émilie, et vit Bachmann qui attendait debout, en manches de chemise, à côté du lit, en face de la porte, parfaitement calme. Ses yeux rencontrèrent le regard flamboyant du baron. Celui-ci secoua sa main blessée, puis reprit son sang-froid : il regarda le soldat en pleine figure, fermement. Il vit dans ses yeux la même âme nue, sans défense, comme si son regard avait réellement percé l'enveloppe de chair. Et cette âme était d'autant plus désespérée qu'elle était plus singulièrement dépouillée.

— Ah ! s'exclama-t-il avec impatience, se tournant vers le lieutenant.

Celui-ci apparut dans l'encadrement de la porte. Il parcourut des yeux, rapidement, le garçon déchaussé ; il le reconnaissait comme sa chose. Il lui donna l'ordre bref de s'habiller.

Bachmann prit ses vêtements. Toujours ce grand silence en lui. Il était dans un univers abstrait, figé. Il se rendait à peine compte que les deux messieurs et les deux soldats l'observaient. Ils ne pouvaient pas le voir.

Il fut bientôt prêt. Il attendit les ordres. Mais c'était l'écorce de lui-même qui agissait.

Il baignait dans un infini silence, dans un vide qui avait quelque chose d'éternel. Il demeurait fidèle à lui-même.

Le lieutenant donna l'ordre de se mettre en route. La petite troupe descendit l'escalier à pas feutrés, traversa le vestibule et se trouva dans la cuisine. Émilie était là, le visage levé, sans mouvement, sans expression. Bachmann ne la regarda pas. Ils n'avaient pas besoin de cela pour se reconnaître. En file la troupe passa dans la cour.

Le baron resta à la porte, suivant des yeux les quatre silhouettes en uniforme qui traversaient l'ombre tachetée des tilleuls. Bachmann marchait comme un automate, il semblait ailleurs. Le lieutenant trottait, long, efflanqué ; les deux soldats avançaient lourdement à côté. Ils s'éloignèrent dans le soleil matinal, devinrent tout petits en approchant des baraquements.

Le baron se retourna vers la cuisine. Émilie coupait du pain.

— Alors il a passé la nuit ici ? dit-il.

La jeune fille fixa sur lui des prunelles sans regard. Le baron n'y vit qu'elle toute seule, la sombre âme nue de son corps au milieu de ces yeux aveugles.

— Qu'alliez-vous faire ? demanda-t-il.

— Il voulait partir pour l'Amérique, répondit-elle d'un ton uni.

— Peuh ! Vous auriez dû le renvoyer immédiatement au camp, dit le baron.

Émilie écoutait avec révérence, mais cela ne l'atteignait pas.

— Maintenant il est fichu, dit le baron.

Mais il ne put supporter ces yeux transparents, à peine plus désespérés depuis ces paroles.

— Il s'est conduit comme un imbécile, répéta-t-il ; et il partit brusquement, réfléchissant à ce qu'il allait pouvoir faire.

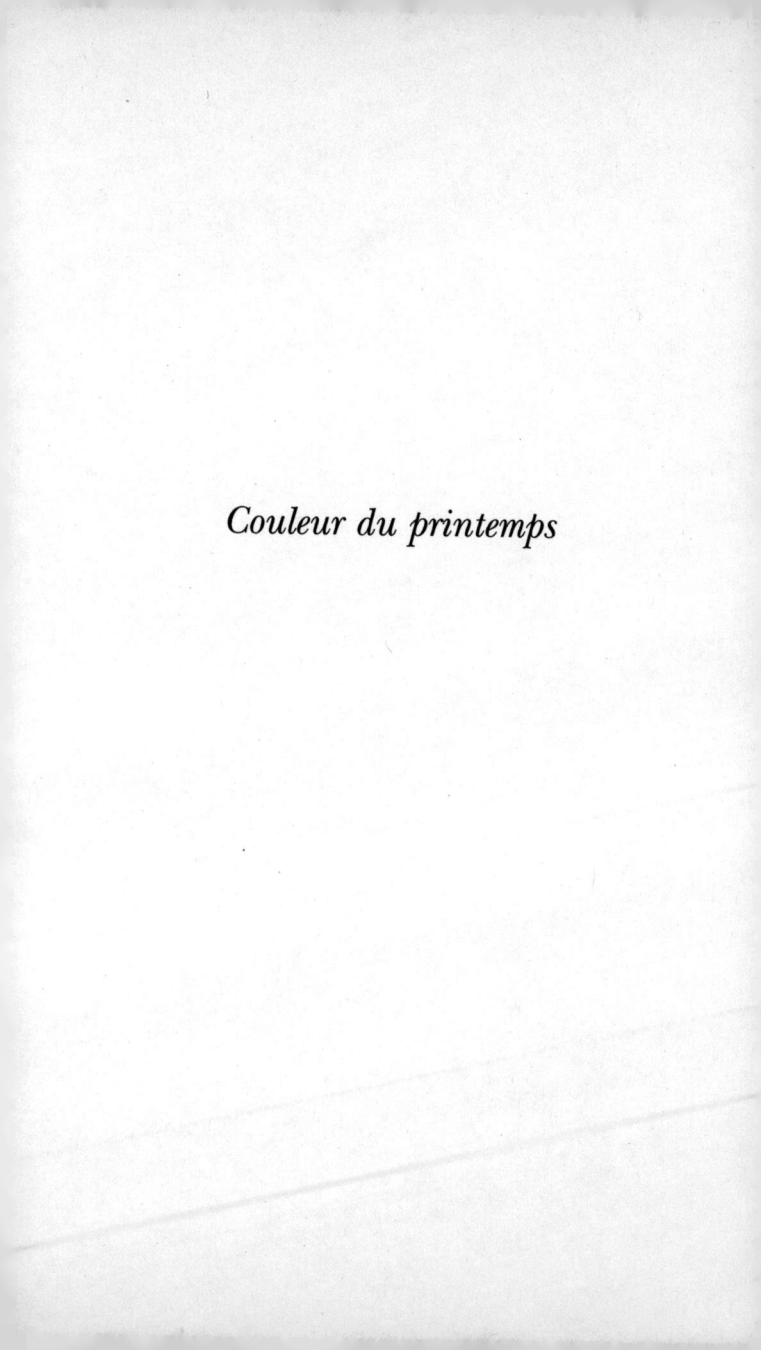

Couleur du printemps

1

Le chemin était plus court en prenant par le bois. Machinalement Syson tourna au coin de la forge et souleva la barrière. Le forgeron et son apprenti s'arrêtèrent pour le voir passer. Mais Syson avait l'air trop distingué : ils n'osèrent pas l'accoster. Ils restèrent silencieux, le regardant qui traversait le champ, dans la direction du bois.

Cette matinée était absolument semblable à celles des lumineux printemps, six ou huit ans plus tôt. Des poules blanches et beiges grattaient encore autour de la barrière, sur le sol tapissé de plumes et de débris. La trouée s'ouvrait toujours entre deux épais buissons de houx, à la lisière du bois, avec sa barrière qu'il fallait escalader pour entrer sous le couvert, la peinture toujours rayée par les semelles cloutées du garde. Il se retrouvait dans l'éternel.

Syson se sentait extraordinairement heureux. Comme un fantôme errant, il était revenu au pays de son passé, et il le trouvait, toujours le même, qui l'attendait. Comme autrefois les noisetiers le saluaient de leurs joyeuses petites mains, les clochettes du même bleu lavé étaient clairsemées parmi l'herbe grasse, à l'ombre des buissons.

Le chemin serpentait mollement à travers bois, sur la crête d'une pente, bordé de noyers hérissés de ramilles qui commençaient à semer leur or. Sur le sol s'ouvraient des pâquerettes, des nappes d'anémones, des jacinthes en touffes. Les deux arbres tombés barraient toujours le chemin. Syson dévala une pente escarpée et se retrouva devant le pays découvert, cette fois sur le versant du nord, à travers une grande baie qui semblait s'ouvrir entre les arbres. Il s'arrêta pour regarder les champs de la colline d'en face, et le village éparpillé sur le paysage dénudé, comme versé là au passage par le char du dieu de l'industrie, et oublié ensuite. Une petite église neuve, raide et grise, et des groupes de maisons rouges semées au hasard ; à l'arrière-plan brillaient les chevalements métalliques de la mine, en avant de la silhouette brumeuse de la colline en exploitation. Tout était nu, découvert, pas un arbre. Rien n'avait changé.

Couleur du printemps

Syson repartit, satisfait, et joignit le sentier qui redescendait à travers bois. Il était singulièrement exalté, il vivait un rêve concret, une hallucination stable. Tout à coup il s'arrêta. Un garde était debout à quelques pas de lui, au milieu du chemin.

— Où allez-vous par là, Monsieur ? demanda-t-il.

Il y avait une nuance de défi dans sa question. Syson l'observa d'un regard impersonnel mais aigu. Vingt-quatre ou vingt-cinq ans, le teint vermeil, bien découplé. Ses yeux bleu sombre s'attachaient maintenant avec hostilité sur l'intrus. Sa moustache noire très épaisse était rognée court au-dessus d'une petite bouche, assez douce d'expression. Tous les autres traits étaient virils et de robuste apparence. D'une taille un peu au-dessus de la moyenne, sa poitrine bombée, l'aisance parfaite de son corps bien proportionné donnaient l'impression qu'il était rempli d'une force naturelle, comme le jet solide d'une source jaillissante. Immobile, la crosse de son fusil à terre, il regardait Syson d'un air hésitant et intrigué. Les yeux de l'étranger, sombres et vifs, qui l'examinaient et le pénétraient sans tenir compte de sa question, le laissaient déconcerté.

— Où est Naylor ? C'est vous qui l'avez remplacé ? demanda Syson.

— Vous n'êtes pas du château ? s'enquit le garde.

Non, c'était impossible, il n'y avait personne pour l'instant.

— Non, je ne suis pas du château, répondit l'autre, que cette idée semblait amuser.

— Alors, est-ce que je peux vous demander ce que vous faites ici ? dit le garde d'un ton piqué.

— Ce que je fais ici ? répéta Syson. Je vais à la ferme de Willeywater.

— Ce n'est pas le chemin.

— Je pense que si. En bas du sentier on dépasse le puits, et on sort par la barrière blanche.

— Ce n'est pas le chemin public.

— Peut-être bien. Je passais si souvent par ici, du temps de Naylor, j'ai oublié. Au fait, qu'est-il devenu ?

— Tout à fait infirme. Les rhumatismes, répondit le garde, d'un ton bourru.

— Oh vraiment ! le pauvre ! s'exclama Syson, peiné.

— Et vous ? qui êtes-vous donc ? demanda le garde d'une voix plus aimable.

— John Adderley Syson. J'habitais Cordy Lane.

— L'amoureux de Hilda Millership ?

Dans les yeux de Syson passa un petit sourire triste. Il fit oui de la tête. Il y eut un silence embarrassé.

— Et vous, qui êtes-vous ? demanda Syson.
— Je m'appelle Arthur Pilbeam. Naylor est mon oncle, dit l'autre.
— Vous habitez ici, à Nuttal ?
— J'habite chez mon oncle.
— Je vois.
— Vous avez dit que vous descendiez à Willeywater ? demanda le garde.

Il y eut une pause de quelques instants, puis le garde lâcha brusquement :
— C'est moi qui courtise Hilda Millership.

Le jeune homme regardait l'intrus avec une expression de défiance têtue, presque pathétique. Syson ouvrait sur lui des yeux neufs.
— C'est vrai ? demanda-t-il, étonné.

Le garde rougit fortement.
— Nous nous fréquentons tous les deux, dit-il.
— Je ne savais pas, dit Syson.

L'autre semblait attendre, tout embarrassé.
— Alors, c'est une chose décidée ? reprit le nouveau venu.
— Comment, décidée ? répliqua l'autre, maussade.
— Eh bien oui : allez-vous vous marier bientôt ?

Le garde le regarda fixement quelques instants, comme paralysé.
— Je pense, oui, dit-il d'un ton de colère.

— Ah !

Syson l'épiait étroitement.

— Je suis marié moi-même, ajouta-t-il après un moment.

— C'est vrai ? dit l'autre, incrédule.

Syson eut un grand rire éclatant, sans gaieté.

— Depuis quinze mois, dit-il.

Le garde fixait sur lui des yeux interrogateurs ; visiblement son cerveau travaillait, et il essayait de tirer les choses au clair.

— Quoi ? vous ne le saviez pas ? demanda Syson.

— Non, dit l'autre, bourru.

Il y eut un silence.

— Eh bien ! dit Syson, je continue. Je pense que je le peux ?

Le garde n'avait pas quitté son attitude de silencieuse opposition. Les deux hommes restaient hésitants au milieu de la clairière herbeuse, entourée de gerbes de grosses clochettes bleues, ouverte comme un balcon au flanc de la colline. Syson fit quelques pas, indécis, puis s'arrêta.

— Comme c'est beau ! s'écria-t-il.

Maintenant il avait devant lui toute la pente en enfilade. Le chemin coulait à ses pieds comme un ruisseau de clochettes bleues, partagé au centre d'une ligne verte, sinueuse, où marchait le garde. Cela déferlait en écume d'azur, le long des berges, puis le fil vert serpentait dans des nappes de clochettes, comme un courant venu des glaciers au travers des lacs bleus. Et sous les nuages pourprés des buissons en bourgeons ce brouillard bleu flottait, ainsi qu'une inondation fleurie dans le sous-bois.

— C'est vraiment exquis ! s'exclamait Syson.

C'était son passé, le pays qu'il avait quitté, et cela lui faisait mal de le voir si beau. Des ramiers roucoulaient dans les arbres, et l'air vibrait de chants d'oiseaux.

— Si vous êtes marié, pourquoi continuez-vous à lui écrire, et à lui envoyer des livres, des poésies, et tout ça ? demanda le garde.

Syson le regarda, pris de court, gêné. Puis il sourit :

— Eh bien ! dit-il, je n'avais pas entendu parler de vous.

Encore une fois le garde rougit violemment.

— Mais puisque vous êtes marié... plaida-t-il.

— En effet, je le suis, répondit l'autre cyniquement.

Alors, les yeux sur le merveilleux sentier bleu, Syson fut envahi d'humiliation. « Quel droit ai-je de m'accrocher à elle ? » pensa-t-il amèrement, plein de mépris pour lui-même.

— Elle sait que je suis marié, dit-il.

— Mais vous continuez à lui envoyer des livres, dit le garde, une pointe de défi dans la voix.

Syson, réduit au silence, eut sur l'autre homme un regard bizarre, nuancé de pitié. Puis il tourna les talons.

— Bonjour, dit-il.

Il reprit sa route. Maintenant, tout l'irritait. Ces deux saules, l'un tout or, parfum et murmures, l'autre aux ramilles argentées, lui rappelèrent que là il lui avait parlé de la fécondation des fleurs. Comme il avait été stupide ! Quelle ridicule folie, toute cette histoire !

« Bon ! se dit-il, le pauvre diable semble m'avoir gardé rancune. Je ferai ce que je pourrai pour lui. »

Il ricanait tout seul, de très mauvaise humeur.

2

La ferme était à moins de cent yards de la lisière du bois ; la rangée d'arbres formant le quatrième côté d'un clos rectangulaire. La maison faisait face au bois. Assailli de mille émotions confuses, Syson remarqua, sous la pluie de fleurs de pruniers, les couleurs vives des primevères qu'il avait plantées lui-même. Comme elles s'étaient multipliées ! C'étaient d'épaisses touffes éclarlates, rouge pâle et roses sous les pruniers. Il s'aperçut qu'on l'observait de la fenêtre de la cuisine, et un bruit de voix d'hommes l'atteignit.

La porte s'ouvrit tout d'un coup... Comme elle était devenue belle ! Il se sentit pâlir.

— Vous, Addy ! s'écria-t-elle, et elle resta sans mouvement.

— Qui est-ce ? appela la voix du fermier.

Des voix masculines répondirent ; leur son bas, presque moqueur, réveilla l'angoisse du visiteur. Mais il la dévisageait avec un sourire hardi.

— Moi-même, pourquoi pas ? dit-il.

— Nous finissons de dîner, dit-elle, une rougeur étendue sur ses joues et son cou.

— Alors j'attendrai dehors.

Il fit un mouvement vers le réservoir en brique, près de la porte, au milieu des jonquilles, qui contenait l'eau potable.

— Oh non ! entrez ! dit-elle précipitamment.

Il la suivit. Du seuil il vit la famille et salua. Ils étaient tous mal à l'aise. Le fermier, sa femme et les quatre fils étaient assis à la table, très simplement mise ; les hommes avaient les manches retroussées jusqu'au coude.

— Je suis désolé d'arriver à l'heure du repas, dit Syson.

— Hello, Addy! dit le fermier, comme autrefois. Mais son ton restait froid. Comment allez-vous ?

Ils se serrèrent la main.

— Voulez-vous manger un morceau ? dit-il sans conviction, sûr que son offre serait refusée.

Il supposait que Syson était devenu trop raffiné pour un repas rustique. Le jeune homme devina sa pensée.

— Avez-vous déjà dîné ? demanda la jeune fille.

— Non, dit Syson. C'est trop tôt. Je reviendrai à une heure et demie.

— Vous appelez ça lunch, n'est-ce pas ? demanda l'aîné des fils, presque ironique.

Ils avaient été amis intimes autrefois.

La mère infirme intervint :

— Nous donnerons quelque chose à Addy quand nous aurons fini, dit-elle.

— Non, ne vous dérangez pas, je ne veux pas vous donner d'embarras, dit Syson.

— On peut vivre d'amour et d'eau fraîche, dit en riant le plus jeune fils, un garçon de dix-neuf ans.

Syson contourna les bâtiments et se trouva dans le verger derrière la maison, où, le long des haies, les jonquilles se balançaient comme des oiseaux jaunes aux plumes frisées sur leurs bâtons. Tout dans ce lieu l'attirait étrangement : les collines qui l'entouraient, à l'immense épaule couverte de bois comme d'une peau d'ours, les petites fermes rouges, broches pour attacher leur manteau, le filet d'eau bleutée dans la vallée, le pâturage nu, le chant des oiseaux, où mille pépiements se croisaient et se perdaient. Jusqu'à son dernier jour il se souviendrait de ce lieu, où il avait senti la morsure du soleil sur ses joues, vu les tampons de neige entre les brindilles hivernales, et flairé l'approche du printemps.

Maintenant qu'elle était si femme, Hilda était très imposante. Devant elle il se sentait gêné. Elle avait vingt-neuf ans, comme lui, mais elle lui semblait plus âgée. Il se sentait presque un gamin, un être sans consistance à côté d'elle, dans sa stable réalité. Comme il égrenait des fleurs de prunier sur un tronc bas, elle vint à la porte du verger secouer la nappe. Les poules accoururent de la cour, des oiseaux frôlèrent les branches. Ses cheveux sombres étaient arrangés en couronne sur sa tête. Elle se tenait droite, très digne. En repliant la nappe elle regarda au loin, vers les collines.

Syson se leva alors et pénétra dans la maison. Elle lui avait préparé des œufs et du fromage caillé, de la compote de groseilles et de la crème.

— Puisque vous dînez le soir, dit-elle, je vous ai donné un repas léger.

— C'est très gentil à vous, dit-il. C'est charmant, tout à fait votre genre bucolique : on vous voit couronnée de lierre, avec une ceinture d'épis.

Il fallait qu'ils se fissent du mal.

Il était mal à l'aise devant elle. Sa parole nette et brève, son allure distante étaient nouvelles pour lui. Il se reprit à admirer ses sourcils, d'un noir doux, et ses cils. Leurs yeux se rencontrèrent. Dans le noir argenté de son beau regard calme, il aperçut une lueur bizarre, peut-être celle des larmes, et tout au fond, la tranquille acceptation d'elle-même, et comme un triomphe sur lui.

Son cœur se serra. Avec effort il s'accrocha au ton du badinage.

Elle l'envoya au salon pendant qu'elle lavait la vaisselle. La longue pièce au plafond bas avait été remeublée après la vente de l'Abbaye, avec des chaises recouvertes de reps rouge, très usé, une table ovale de noyer ciré, et un nouveau piano, assez beau, mais d'un modèle démodé. Cela lui plut, quoique étranger à ses souvenirs. En ouvrant un placard pris dans l'épaisseur du mur, il le trouva plein de ses livres, ses vieux livres de classe, et des volumes de vers anglais et allemands qu'il lui avait envoyés. Les jonquilles dans les jardinières des fenêtres brillaient à travers la pièce, la remplissaient d'un rayonnement qu'il sentait presque physiquement. L'ancien enchantement l'avait repris. Il ne songeait plus à faire la grimace devant les aquarelles de sa jeunesse pendues au mur ; il se souvenait seulement de la ferveur avec laquelle il peignait pour elle, douze ans auparavant.

Elle entra, finissant d'essuyer un plat, et il vit la splendeur de ses bras, blancs comme la chair des amandes.

— C'est vraiment bien arrangé ici, dit-il, et leurs yeux se rencontrèrent.

— Cela vous plaît ? demanda-t-elle.

C'était le timbre ancien de leur intimité, bas et couvert. Son sang changea subitement d'allure. C'était l'exquise magie retrouvée, cet affinement, cette sublimation de lui-même, comme une libération de son esprit le plus intime.

— Oui, dit-il, avec son sourire adolescent revenu.

Elle inclina la tête.

— C'était le fauteuil de la comtesse, dit-elle à voix basse. J'ai retrouvé ses ciseaux là, sous le capitonnage.

— Pas possible ! Où sont-ils ?

Preste, tournant joyeusement sur elle-même, elle alla chercher sa corbeille à ouvrage, et ils examinèrent ensemble les vieux ciseaux aux longues tiges.

— Une vraie ballade des neiges d'antan ! dit-il en riant, glissant ses doigts dans les anneaux ronds.

— Je savais bien que vous pourriez vous en servir ! dit-elle triomphalement.

Elle savait ses doigts assez minces pour les frêles anneaux.

— C'est toujours ça en ma faveur, dit-il, avec un rire en posant les ciseaux.

Elle se tourna vers la fenêtre. Il observa la belle courbe suave de sa joue, sa lèvre et son cou lisse, blanc comme le cœur de la fleur d'ortie, et ses avant-bras qui luisaient comme les amandes fraîchement émondées. Il la voyait avec des yeux neufs, elle était pour lui quelqu'un d'autre, qu'il ne connaissait pas. Maintenant il pouvait la regarder objectivement.

— Si nous faisions un petit tour ? proposa-t-elle.

— Bien sûr ! dit-il.

Mais une impression de crainte dominait la douce agitation et la perplexité de son cœur : il avait peur en la revoyant ainsi. C'était toujours sa même manière d'être, la même inflexion dans sa voix, mais elle n'était pas ce qu'il l'avait crue. Il se souvenait parfaitement de ce qu'elle avait été pour lui. Et peu à peu il s'apercevait qu'elle était une autre, et qu'elle l'avait toujours été.

Elle resta tête nue, enleva seulement son tablier, et dit :

— Allons vers les sapins.

En traversant le vieux verger elle l'appela pour lui montrer un nid de mésanges dans un pommier, et un de fauvettes dans la haie. Il s'étonnait de son assurance et d'une certaine dureté, qui ressemblait à de l'arrogance masquée d'humilité.

— Regardez les fleurs de pommier qui vont s'ouvrir, dit-elle, et il vit des myriades de petites boules rouges, parmi les branches tombantes.

Elle l'observait, et son regard durcit. Elle voyait que les écailles lui étaient tombées des yeux, et que le moment était venu où il allait la voir telle qu'elle était. C'était tout ensemble ce qu'elle avait craint le plus au monde, et voulu le plus énergiquement, pour son propre bien. Maintenant il la verrait dans sa vérité. Il ne pourrait plus l'aimer, et il saurait qu'il ne l'avait jamais aimée. L'ancienne illusion dissipée, ils devenaient des étrangers, définitivement. Mais avant il lui paierait cela, elle voulait avoir son dû.

Elle était plus animée que jamais ; elle lui montrait des nids : un nid de roitelets dans un buisson bas.

— Regardez ce nid de rougets, s'écria-t-elle.

Il fut surpris de l'entendre employer le nom local. Elle tâtonna avec précaution à travers les épines, et mit son doigt dans la petite porte ronde.

— Cinq ! s'écria-t-elle, cinq tout petits !

Elle lui montra des nids de rouges-gorges, de loriots, de pinsons et de linottes, un de bergeronnettes près du ruisseau.

— Et si nous descendons plus bas, je crois bien qu'il y en a un de martin-pêcheur.

« Dans les petits sapins, il y a des nids de grives et de merles, presque à chaque arbre. Le premier jour que je les ai vus, il me semblait que je n'avais plus le droit de me promener dans le bois. C'était comme une ville d'oiseaux, et le matin ils jacassaient, on aurait dit le bruit du marché. J'avais presque peur d'aller dans mon bois.

Elle parlait le langage qu'ils avaient inventé ensemble. Maintenant il lui appartenait à elle toute seule. Pour lui, c'était fini. Elle le laissa à son silence, mais continua à le conduire, à lui faire visiter ses bois. Ils suivaient un sentier humide où des myosotis s'ouvraient en coussins veloutés.

— On connaît tous les oiseaux, dit-elle, mais il y a beaucoup de fleurs qu'on ne connaît pas.

C'était presque une invite, un appel vers lui, qui savait le nom des choses.

Elle resta rêveuse, le regard perdu sur les champs qui dormaient au soleil.

— Vous savez que j'ai un amoureux, dit-elle d'un ton assuré, mais qui revenait aux inflexions de l'intimité.

Cela réveilla en lui quelque chose d'agressif.

— Je crois que je l'ai rencontré. Il est très bien, dans le genre berger d'Arcadie, lui aussi.

Sans répondre elle prit un chemin qui montait à travers bois, sous une ombre épaisse.

— Ils faisaient bien dans le temps, dit-elle à la fin, d'avoir beaucoup d'autels pour beaucoup de dieux.

— Bien sûr, acquiesça-t-il. Pour quel dieu est le nouveau ?

— Il n'y en a pas d'ancien, dit-elle. C'est celui que j'ai toujours désiré.

— Et à qui est-il dédié ?

— Je ne sais pas, dit-elle, le regardant en face.

— Je suis très heureux pour vous, si vous êtes contente.

— Oui... Mais l'homme n'a pas tellement d'importance.

Il y eut un silence.

— Non ! s'écria-t-il, abasourdi.

Cependant il sentait que c'était sa vraie nature.

— Ce qui est important, c'est soi-même, dit-elle. Être soi-même et servir son propre dieu.

Il y eut une pause, pendant laquelle il réfléchit. Le sentier était obscur, sans herbe ni fleurs. Ses talons s'enfonçaient dans une argile molle.

3

Très lentement, elle dit :

— Je me suis mariée le même jour que vous.

Il la regarda.

— Pas officiellement, bien sûr, dit-elle. Mais... réellement.

— Avec le garde ? demanda-t-il, ne sachant que dire d'autre.

Elle se tourna vers lui.

— Vous pensiez que je n'oserais pas ? dit-elle.

Mais en dépit de son assurance une rougeur inondait ses joues et sa gorge.

Syson restait muet. Elle s'efforça de lui expliquer.

— Voyez-vous, j'ai fini par comprendre, moi aussi.

— Et qu'avez-vous fini par comprendre ?

— Bien des choses. Pas vous ? répliqua-t-elle. Chacun est libre.

— Et vous n'êtes pas déçue ?

— Oh non !

Son accent était profond et sincère.

— Vous l'aimez ?

— Oui, je l'aime.

— C'est très bien, dit-il.

Elle resta interdite un moment.

— Ici, dans son domaine, je l'aime, reprit-elle.

Il eut un cri de vanité masculine.

— Alors il vous faut une mise en scène ? demanda-t-il.

— Oui ! cria-t-elle. Vous m'avez toujours empêchée d'être moi-même.

— Mais est-ce donc une question d'atmosphère ?

Il l'avait crue tout âme.

— Je suis comme une plante, qui ne pousse que dans son propre sol, répondit-elle.

Ils arrivaient à un endroit où le taillis disparaissait, faisant place à un espace brun, uni, où s'élevaient les fûts rouge brique ou pourpres des pins. Plus loin, les banderoles des fougères, à demi déroulées, brillaient sous le vert sombre des vieux arbres, avec leurs fleurs en boutons plats. Au milieu de l'espace découvert s'élevait une cabane forestière faite de troncs, entourée de cages à faisans, les unes vides, les autres habitées d'une poule gémissante.

Sur le tapis brun d'aiguilles de pin Hilda se dirigea vers la cabane, elle prit une clef sous le bord du toit et ouvrit la porte. Ils virent une pièce nue, tout en bois avec un établi de menuisier, un étau, des outils, une hache dans un coin, des pièges, des collets rangés le long de la cloison, des peaux clouées, tout très en ordre. Hilda ferma la porte. Syson regardait les formes étranges des peaux d'animaux sauvages, aplaties, fixées sur des planches pour être préparées. Hilda toucha une cheville dans la cloison, qui s'ouvrit sur une autre petite pièce.

— Comme c'est romanesque ! dit Syson.
— Oui. Il est très bizarre. Il a un peu le flair d'une bête des bois — dans le bon sens

du mot. Et il a des idées, de l'imagination même, jusqu'à un certain point.

Elle tira un rideau vert foncé. La chambre était presque entièrement occupée par un large lit de bruyères et de fougères sèches, recouvert d'une ample couverture de peaux de lièvres. Sur le sol étaient étendus de petits tapis de peaux de chats travaillés en mosaïque, et une peau de veau aux reflets roux. D'autres fourrures pendaient au mur. Hilda en décrocha une, qu'elle mit sur son dos. C'était une sorte de pèlerine de lapin et de fourrure blanche, avec un capuchon, probablement fait de la robe d'été des hermines. Du fond de ce manteau barbare, elle rit à Syson en disant :

— Qu'en pensez-vous ?

— Eh bien, mes compliments à votre homme, répondit-il.

— Et regardez, reprit-elle.

Sur un rayon, dans une petite cruche vernie, trempaient les brins frêles et blancs du premier chèvrefeuille.

— Ils parfumeront la chambre ce soir, dit-elle.

Syson regarda curieusement autour de lui.

— Que lui manque-t-il donc, alors ? dit-il.

Elle le fixa quelques instants. Puis, détournant la tête :

— Avec lui, les étoiles ne sont pas les mêmes, dit-elle. Vous, vous saviez les faire scintiller, flamboyer dans le ciel, et les myosotis étincelaient comme des soleils. Avec vous, les choses étaient merveilleuses. Mais maintenant elles sont à moi toute seule, je ne les partage plus avec personne.

Il rit, en disant :

— Après tout, les étoiles et les myosotis, c'est du luxe. Vous devriez faire des vers.

— C'est vrai, dit-elle. Mais maintenant tout ça est à moi.

Il rit encore, amèrement.

Elle se retourna d'un trait. Lui s'appuyait au rebord de la fenêtre, au fond de la pièce étroite et sombre. Elle était debout dans l'embrasure de la porte, toujours enveloppée dans son manteau. Il était tête nue, son visage et la forme de sa tête se détachaient clairement dans la chambre obscure. Ses cheveux lisses luisaient, brossés en arrière, et au bas de sa figure, au teint uni, clair, couleur d'ivoire, ses lèvres tremblaient.

— Nous sommes très différents, dit-elle amèrement.

De nouveau il rit.

— Je vois que je vous déplais, dit-il.

— Ce qui me déplaît, c'est ce que vous êtes devenu, dit-elle.

Il désigna des yeux la cabane.

— Croyez-vous que nous aurions pu vivre ainsi, vous et moi ?

Elle secoua la tête.

— Vous ! jamais de la vie ! Vous, vous preniez les choses une à une, jusqu'à ce que vous en ayez pressé tout le jus, puis vous les jetiez.

— C'est vrai, dit-il. Et n'auriez-vous pas pu faire comme moi ? Non, je ne crois pas.

— Comment l'aurais-je pu ? J'ai une existence propre.

— Mais il peut arriver que deux êtres pensent exactement de même, dit-il.

— Vous avez voulu m'arracher à moi-même, dit Hilda.

Il savait bien qu'il s'était trompé sur elle, qu'il l'avait prise pour ce qu'elle n'était pas. C'était sa faute à lui, pas à elle.

— Et vous ne vous en étiez pas aperçue ? demanda-t-il.

— Non, vous ne me l'avez pas permis. Vous m'aviez mise en esclavage. J'ai été soulagée à votre départ, franchement.

— Je le savais, dit-il.

Mais sa figure avait encore pâli, elle était d'une transparence mortelle.

— Pourtant, dit-il, c'est vous qui m'avez dirigé vers le chemin que j'ai pris.

— Moi ! s'exclama-t-elle avec orgueil.

— Vous qui avez voulu que j'aille au collège, qui m'avez poussé à exploiter l'attachement de chien fidèle du pauvre petit Botell jusqu'à ce qu'il ne puisse plus se passer de moi, tout cela parce que sa famille était riche et bien posée. Cela a été votre triomphe quand son père m'a offert d'aller à Cambridge pour tenir compagnie à son fils unique. Vous aviez une terrible ambition pour moi. Et toujours vous m'avez éloigné de vous ; chaque nouveau succès dressait un mur entre nous, et plus encore de votre point de vue que du mien. Vous n'avez jamais éprouvé le besoin de me suivre : vous vouliez seulement voir ce que ça deviendrait. Ma parole, je crois que vous avez souhaité me voir épouser une jeune fille du monde. Vous avez voulu remporter une victoire sur la société, en ma personne.

— Et c'est moi qui suis responsable, dit-elle, sarcastique.

— Je me suis distingué pour vous satisfaire, répondit-il.

— Ah ! cria-t-elle, vous vouliez toujours du nouveau, du nouveau, comme un enfant !

— Évidemment. Et j'ai réussi, je le sais, je suis ce qui s'appelle quelqu'un. Mais... je ne vous croyais pas ainsi. Pourquoi avez-vous pris cet homme ?

— Qu'est-ce que vous dites ? dit-elle avec de grands yeux épouvantés.

Il lui rendit un regard acéré.

— Rien du tout, dit-il avec un rire bref.

Le loquet extérieur grinça, et le garde entra dans la cabane. La femme regarda de ce côté, mais resta immobile, dans sa fourrure, debout devant la porte. Syson n'avait pas bougé.

L'autre homme entra dans la pièce, les vit, et tourna les talons sans un mot. Les deux autres aussi se taisaient.

Pilbeam se pencha sur ses peaux.

— Je vais m'en aller, dit Syson.

— Oui, répondit-elle.

Il leva la main comme pour un serment.

— À nos destins, vastes et changeants !

— Nos destins, vastes et changeants ! répéta-t-elle gravement, d'un ton de voix neutre. Arthur ! dit-elle.

Le garde fit semblant de ne pas entendre. Syson, qui l'observait attentivement, esquissa un sourire. La femme se redressa.

— Arthur ! répéta-t-elle sur un registre aigu, si singulier que les deux hommes comprirent la gravité de la crise au bord de laquelle tremblait cette âme.

Le garde posa tranquillement son outil et vint vers elle.

— Voilà, dit-il.

— Je voulais vous présenter, dit-elle, tremblante.

— Nous nous sommes déjà rencontrés, dit le garde.

— Ah oui ? C'est Addy Syson, dont vous avez entendu parler. Voici Arthur Pilbeam, ajouta-t-elle en se tournant vers Syson.

Celui-ci tendit la main au garde, qui la serra en silence.

— Je suis heureux de vous connaître, dit Syson. Nous arrêtons notre correspondance, Hilda ?

— Pourquoi donc ? répondit-elle.

Les deux hommes restèrent interdits.

— Vous ne croyez pas ?... dit Syson.

Elle resta muette un long moment. À la fin, elle dit :

— C'est comme vous voudrez.

Ils s'en allèrent tous les trois dans le chemin ombreux.

— Qu'il était bleu, le ciel, et grand, l'espoir ! cita Syson, qui ne savait que dire.

— Que voulez-vous dire ? dit-elle. D'ailleurs, nous n'avons pas à regretter notre blé en herbe, nous ne l'avons jamais mangé.

Syson la regarda. Il était bouleversé de voir son jeune amour, sa madone, son ange de Botticelli, se révéler ainsi. C'est lui qui avait été un fou. Ils étaient plus loin l'un de l'autre que les habitants des deux pôles. Elle ne désirait plus que rester en rapports épistolaires avec lui, et lui aussi le voulait, bien entendu : ainsi, il pourrait lui écrire, comme à une Béatrice irréelle, sans autre existence que celle de la chimère la plus chère de son esprit.

Au bas du sentier, elle lui dit adieu. Il continua avec le garde, jusqu'aux champs, à la porte d'accès du bois. Les deux hommes marchaient côte à côte, presque comme des amis, parlant de choses et d'autres.

Au lieu d'aller tout droit à la barrière de la route, Syson suivit la lisière du bois, où le ruisseau s'élargissait en un petit marécage. Sous les aunes, le long des roseaux, les soucis étincelaient en constellations jaunes. Des filets d'eau brune ruisselaient çà et là, soulignés de fleurs d'or. Tout à coup, un éclair bleu traversa le ciel : le passage d'un martin-pêcheur.

Syson restait étrangement ému. Il grimpa jusqu'aux buissons d'ajoncs, dont les étincelles dorées ne s'étaient pas encore allumées en flammes. Étendu sur le sol sec et brun, il découvrit des brindilles d'euphorbe rouge et des taches roses d'herbe-aux-poux. Quel merveilleux univers que celui-là, inouï, toujours nouveau. Mais cette beauté, il ne la sentait plus que lointaine, elle devenait distante et vague comme les prés d'asphodèles des Champs Élysées. Au fond de sa poitrine il sentait une douleur, comme celle d'une blessure. Il pensa au chevalier du poème de William Morris, étendu dans la chapelle de Lyonesse, la pointe d'un épieu enfoncée dans la poitrine, allongé, comme mort, et pourtant toujours vivant, et sur lui, jour après jour, les rayons du soleil plongent à travers un vitrail, et s'évanouissent. Il savait maintenant que rien de tout cela n'avait existé, entre elle et lui, pas un seul instant. Tout le temps, ils étaient restés en dehors de la vérité.

Syson se leva pour partir. L'air était plein de cris d'alouettes ; comme si le soleil se fondait en une averse d'or. Sur ce bruit léger des voix se détachaient, faibles mais distinctes.

— Mais puisqu'il est marié, et prêt à interrompre tout ça, qu'est-ce que tu avais contre ? disait la voix de l'homme.

— Je ne veux pas en parler pour le moment. J'ai besoin d'être seule.

Syson regarda à travers les ajoncs. Hilda se tenait près de la barrière, dans le bois. L'homme, dans le champ, musait le long de la haie, taquinant des abeilles qui butinaient sur les fleurs des ronces.

Il y eut quelques moments de silence, pendant lesquels Syson pensa au souhait d'Hilda, parmi le tintement des alouettes. Tout à coup le garde s'exclama en jurant. Il attrapa la manche de son vêtement près de l'épaule. Puis il arracha sa jaquette, la jeta par terre, et d'un air absorbé roula sa manche de chemise jusqu'à l'épaule.

— Bon sang ! dit-il, furieux, enlevant une abeille et la jetant au loin.

Puis, tordant son bras qui brillait au soleil, il regarda maladroitement par-dessus son épaule.

— Qu'est-ce qu'il y a ? demanda Hilda.

— Une abeille qui a grimpé dans ma manche, répondit-il.

— Viens ici, dit-elle.

Il alla vers elle comme un enfant maussade. Elle prit le bras dans ses deux mains.

— Voilà ! et l'aiguillon est resté dedans, pauvre abeille !

Elle enleva l'aiguillon, mit sa bouche sur la plaie, et suça la goutte de venin. En voyant la marque écarlate, elle dit en riant :

— Voilà le baiser le plus rouge que tu auras de ta vie.

Quand Syson les regarda de nouveau, entendant les voix qui reprenaient, il les aperçut dans l'ombre, la bouche de l'homme sur le cou de sa bien-aimée, elle, la tête renversée, ses cheveux défaits en une grosse corde sombre en travers du bras dénudé.

— Non, répondait-elle, quelle idée ! Je ne suis pas bouleversée parce qu'il est parti. Tu ne peux pas comprendre.

Syson ne put distinguer la réponse de l'homme. Hilda reprit d'une voix nette et claire :

— Tu sais que je t'aime. Il est complètement sorti de ma vie ; ne te tracasse pas à son sujet.

Il l'embrassa dans un murmure. Elle eut un rire faux.

— Oui, dit-elle, conciliante. Nous nous marierons, bien sûr. Mais pas tout de suite.

Il lui parla de nouveau. Syson n'entendit plus rien. Puis elle dit :

— Rentrez chez vous maintenant, chéri, tout cela vous agite trop.

Cette fois encore il put entendre le son de la voix du garde, altérée par la passion et la crainte.

— Mais pourquoi nous marier tout de suite ? reprit-elle. Qu'aurez-vous de plus ? C'est bien plus beau ainsi.

Enfin le garde ramassa sa veste et s'en alla. Elle resta à la barrière, sans le suivre des yeux, le regard perdu sur la campagne ensoleillée.

Quand elle se fut décidée à partir, Syson se leva et reprit le chemin de la ville.

L'odeur des chrysanthèmes

1

Cahotante, avec un bruit de ferraille, la petite locomotive n° 4 descendait de Selston avec sa charge de sept wagons. Elle apparut au tournant, toute pleine de son importance, mais elle fut dépassée en un petit temps de galop par le poulain qu'elle avait fait bondir à son fracas, du milieu des ajoncs qui scintillaient encore faiblement dans l'humide crépuscule. Une femme, qui marchait entre les rails vers Underwood, son panier au bras, se rangea de côté, et regarda s'approcher la galerie de la machine. Avec de lourds battements, les plates-formes défilèrent, une par une, pendant qu'elle restait prise entre la haie et leurs cahots noirs, puis ils tournèrent vers le petit bois où tombaient sans bruit les feuilles des noyers ; et les oiseaux qui picoraient les rouges fruits d'églantine le long de la voie s'enfuirent dans les taillis déjà obscurs.

Dans le découvert, la fumée de la machine s'affaissait, puis s'étalait sur le gazon raboteux. Les champs étaient déserts et mornes et, dans le sillon marécageux qui descendait vers la mine, où des roseaux entouraient une mare, les volailles avaient cessé d'errer parmi les aunes, et s'étaient réfugiées sous les toits goudronnés des poulaillers. Le remblai de la mine paraissait indistinctement derrière la mare, avec des lueurs qui dévoraient ses flancs cendreux comme des plaies rouges, dans la lumière stagnante de cette fin de journée. Juste derrière s'élevaient les cheminées élancées et la fruste architecture noire des chevalements des mines de Brinsley. Les deux roues tournaient rapidement contre le ciel, et le treuil haletait régulièrement. C'était la remontée des mineurs.

La locomotive siffla en pénétrant dans le large éventail de voies à côté de la mine, où les plates-formes étaient garées par files.

Les mineurs, rentrant chez eux, seuls ou par groupes, s'égaillaient en ombres divergentes. Au bord du plateau rayé des voies de garage se blottissait une maison basse, trois marches en dessous du chemin cendré. Une grosse vigne vierge rugueuse s'accrochait à la maison, griffait les tuiles du toit. Autour de la cour pavée de briques poussaient quelques primevères automnales. Au-delà, le jardin en longueur descendait jusqu'au lit broussailleux d'un ruisseau. Quelques pommiers rabougris, des arbustes dévastés par l'hiver, encadraient des choux fanés. Le long du sentier des chrysanthèmes échevelés avaient fleuri, comme une lessive rose étalée sur les buissons. Une femme sortit toute courbée d'un poulailler couvert de feutre à mi-hauteur du jardin. Elle ferma et verrouilla la porte, puis se redressa, après avoir épousseté son tablier blanc.

C'était une grande femme à l'air imposant, belle avec d'énergiques sourcils noirs. Ses cheveux noirs et lisses étaient strictement partagés au milieu. Elle resta quelques minutes à observer les mineurs qui longeaient la voie, puis elle se tourna vers le ruisseau. Son expression était tranquille et sérieuse, mais une déception lui serrait la bouche. Elle appela :

— John !

Il n'y eut pas de réponse. Elle attendit, puis prononça nettement :

— Où es-tu ?
— Ici.

La voix boudeuse d'un enfant sortit des buissons. D'un regard aigu la femme scruta le crépuscule.

— Es-tu au ruisseau ? demanda-t-elle sévèrement.

Pour toute réponse, l'enfant apparut entre les tuteurs des framboisiers. C'était un hardi petit garçon de cinq ans. Il restait immobile, méfiant.

— Ah ! dit la mère, rassurée. Je croyais que tu étais en bas à patauger dans l'eau, et tu te souviens de ce que je t'ai dit ?

L'enfant ne fit aucune réponse.

— Viens, dit-elle plus doucement, rentrons à la maison, il va faire noir. Voilà la locomotive de grand-père qui arrive.

Le garçon suivit à contrecœur, muet, maussade. Il était vêtu d'une veste et d'une culotte faites d'une étoffe trop épaisse pour leur taille, évidemment coupées dans des vêtements d'homme. En approchant de la maison il s'amusait à arracher les touffes déchiquetées des chrysanthèmes, et à jeter les pétales en poignées le long du chemin.

— Ne fais pas ça, c'est très vilain, dit sa mère.

Il s'arrêta, et elle, comme prise de pitié, cueillit une branche de trois ou quatre fleurs blêmes, et l'appuya sur sa joue. Quand ils atteignirent la cour, sa main hésita, et au lieu de jeter la fleur, elle la glissa dans la ceinture de son tablier. La mère et le fils s'étaient arrêtés au pied des trois marches, regardant par-dessus les rails le retour des mineurs. Le roulement du petit train s'approchait. Brusquement la locomotive dépassa la maison et stoppa en face de la porte.

Le mécanicien, un petit homme avec un collier de barbe grise, se pencha hors de la cabine, au-dessus de la tête de la femme.

— Tu n'aurais pas une tasse de thé ? dit-il d'une voix cordiale et gaie.

C'était son père. Elle rentra, disant qu'elle allait s'en occuper. Tout de suite elle revint.

— Je ne suis pas venu te voir dimanche, commença le petit homme à barbe grise.

— Je ne t'ai pas attendu, dit sa fille.

Le mécanicien fit un mouvement, puis reprenant son air insouciant :

— Oh ! Tu es au courant ? dit-il. Eh bien, qu'est-ce que tu en penses ?

— Je pense que c'est un peu tôt, répondit-elle.

À son bref reproche, le petit homme fit un geste d'impatience, et dit pour l'amadouer, mais avec une froideur menaçante :

— Qu'est-ce que je deviendrai, alors, moi ? C'est pas une vie pour un homme de mon âge, d'être comme un étranger dans sa propre maison. Et si je dois me remarier, autant le faire tout de suite. Ça ne regarde personne.

La femme ne répondit pas, mais, tournant le dos, elle entra dans la maison. L'homme gardait son attitude décidée. Elle revint avec une tasse de thé et une tartine de pain beurrée sur une assiette. Elle monta les marches et s'arrêta sur le marchepied de la machine haletante.

— C'était pas la peine, le pain et le beurre, dit son père. Mais une tasse de thé — il buvait voluptueusement — ça fait du bien.

Après quelques gorgées il reprit :
— On m'a dit que Walter avait encore fait des bêtises.

— C'est plus souvent qu'à son tour, dit la femme amèrement.

— Il paraît qu'il s'est vanté au *Lord Nelson* de dépenser toute sa sacrée galette en une soirée : un demi-souverain, qu'il avait.

— Quand ? demanda la femme.
— Samedi soir. Je suis sûr que c'est vrai.
— C'est bien probable, dit-elle avec un rire amer. Il m'a donné vingt-trois shillings.

— Ah ! c'est du joli, un homme qui emploie son argent à se conduire comme une brute ! dit l'homme aux favoris gris.

La femme détourna la tête. Son père avala le reste de son thé et lui rendit la tasse.

— Ah ! soupira-t-il en s'essuyant la bouche, j'en avais bien besoin !

Il saisit le levier. La petite machine démarra péniblement, geignante et soufflante, et le train roula avec fracas vers l'aiguillage.

De nouveau la femme regarda de l'autre côté des rails. L'obscurité descendait sur les voies et les wagons, les mineurs en groupes foncés passaient toujours. La machine d'extraction battait précipitamment avec de courtes pauses. Élisabeth Bates observait le morne flot humain. Puis elle revint dans la maison. Son mari ne rentrait pas.

La petite cuisine était tout éclairée par le feu, des charbons rouges emplissaient la grille du foyer. Toute la vie de la chambre se concentrait dans ce foyer chaud et clair, et le pourpre reflet du garde-feu d'acier. La nappe était mise pour le thé, les tasses brillaient dans l'ombre. Au fond, à l'endroit où s'amorçait l'escalier, le petit garçon s'était installé et jouait avec un couteau et un morceau de bois blanc. L'obscurité le cachait presque. Il était quatre heures et demie. Il n'y avait plus qu'à attendre le retour du père pour prendre le thé. La mère, regardant la lutte obstinée de l'enfant avec son bout de bois, se reconnut elle-même dans ce silence et cette ténacité ; mais cette indifférence de l'enfant pour tout ce qui n'était pas lui, c'était bien son père. Elle semblait préoccupée de son mari. Probablement il avait dépassé la maison, s'était faufilé le long de sa propre porte pour aller boire avant de rentrer, pendant que son dîner brûlait et se gâtait à l'attendre. Elle regarda l'heure, puis alla écraser les pommes de terre dans la cour. Le jardin et les champs au-delà du ruisseau étaient plongés dans une obscurité vague. Quand elle se releva avec sa casserole, laissant derrière elle le canal de l'évier tout fumant dans la nuit, elle vit que les lumières jaunes étaient allumées sur la route haute, là-bas sur la colline, derrière la voie ferrée et les champs.

Alors, encore une fois, elle regarda les hommes qui rentraient chez eux, de plus en plus clairsemés.

Dans la chambre le feu tombait et tout était rouge sombre. La femme posa sa casserole sur la grille et mit un gâteau de crème cuite près de la bouche du four. Puis elle resta immobile. À ce moment de petits pas vifs se firent entendre à la porte. On appuya un instant sur le loquet, puis une petite fille entra et commença à se déshabiller, enleva son chapeau en renversant sur ses yeux une masse de boucles d'or brunissant. Sa mère la gronda de rentrer si tard de l'école et lui dit qu'elle la garderait à la maison pendant les jours sombres de l'hiver.

— Quoi, maman, il ne fait pas encore bien noir. La lampe n'est pas allumée, et papa n'est pas rentré.

— Non, il n'est pas rentré. Mais il est cinq heures un quart. Tu ne l'aurais pas vu, par hasard ?

L'enfant devint sérieuse. Elle fixa sur sa mère de grands yeux bleus attentifs.

— Non, maman, je ne l'ai pas vu. Pourquoi ? Est-ce qu'il est allé plus loin, à Old Brinsley ? Sûrement pas, maman : je ne l'ai pas rencontré.

— Il y aura fait attention, va, dit la mère amèrement, il se sera bien arrangé pour que tu ne le voies pas. Mais tu peux être sûre qu'il est au *Prince de Galles*. Il serait déjà rentré.

La petite fille regarda tristement sa mère.

— Prenons notre thé, maman, n'est-ce pas ? dit-elle.

La mère appela John. Elle ouvrit encore une fois la porte et regarda à travers les ténèbres des voies. Tout était désert, on n'entendait plus le bruit des machines d'extraction.

Ils s'installèrent pour le thé. John, au bout de la table, près de la porte, était presque perdu dans le noir. Ils se voyaient à peine les uns les autres. La petite fille, blottie contre le garde-feu, retournait lentement une épaisse tranche de pain devant les braises. Le garçon, petite tache foncée dans l'ombre, la regardait toute transfigurée dans son auréole rouge.

— Je trouve ça beau de regarder le feu, dit l'enfant.

— Ah oui ! dit la mère. Pourquoi ?

— C'est rouge, et plein de petits trous, ça caresse et ça sent bon.

— Il faudrait le raviver tout de suite, répondit la mère ; si votre père rentre, il va encore grogner et dire qu'il n'y a jamais de feu quand il rentre en sueur de la mine. Au bistro il fait toujours assez chaud.

Le silence revint, puis le petit garçon dit plaintivement :

— Dépêche-toi, notre Annie !

— Eh bien ! je fais ce que je peux ! Je ne peux pas forcer le feu à aller plus vite.

— Elle fait exprès de les retourner tout le temps pour que ça aille moins vite, grommela le garçon.

— En voilà des inventions, dit la mère.

Bientôt la maisonnée s'affaira dans l'obscurité, au bruit craquant des tartines écrasées sous les jeunes mâchoires. La mère mangea à peine. Elle but son thé d'un seul coup et resta absorbée. Quand elle redressa la tête, sa colère était visible à la raideur de son cou. Elle regarda le gâteau dans le four, et éclata :

— C'est vraiment dégoûtant, un homme qui ne peut même pas rentrer dîner chez lui ! Après tout, si c'est brûlé, qu'est-ce que ça peut bien me faire ? Il se faufile le long de sa propre maison pour aller au bistro, et moi il faut que je reste à l'attendre avec son dîner.

Comme elle laissait tomber un à un les morceaux de charbon sur le feu, l'ombre envahit peu à peu les murs, et l'obscurité devint presque complète.

— J'y vois rien, grommela l'invisible John.

Malgré elle, la mère rit.

— Tu connais le chemin de ta bouche, dit-elle.

Elle remit dehors la pelle à charbon. Quand il la vit revenir, faisant écran sur le foyer, il répéta d'un ton geignard :

— J'y vois rien.

— Bon sang ! s'écria la mère en colère. Tu es aussi maniaque que ton père pour y voir clair.

Cependant elle prit un tortillon de papier sur la tablette de la cheminée pour allumer la lampe qui pendait au plafond au milieu de la chambre. Comme elle y atteignait, sa silhouette se montra alourdie d'une prochaine maternité.

— Oh, maman ! s'écria la petite fille.

— Quoi ? dit la femme, s'arrêtant au moment de mettre le verre de lampe sur la flamme.

Le réflecteur de cuivre l'enveloppait d'une lumière douce, sa figure tournée vers sa fille, sous son bras levé.

— Tu as une fleur à ton tablier ! dit l'enfant, enthousiasmée d'un tel événement.

— Bon Dieu ! s'exclama la femme, soulagée. On aurait dit qu'il y avait le feu à la maison !

Elle mit le verre de lampe et attendit un instant avant de relever la mèche. Une ombre pâle flottait vaguement sur le plancher.

— Laisse-moi sentir, dit l'enfant toujours extasiée, qui s'était approchée et avançait sa tête vers la taille de sa mère.

— Allez-vous-en, vilaine fille, dit la mère en levant la mèche.

La pleine lumière révélait leur attente, au point que la femme la sentait devenir insupportable. Annie se penchait toujours à sa taille. Énervée, elle enleva les fleurs de son tablier.

— Oh, maman ! ne les ôte pas, cria Annie, lui prenant la main et essayant de replacer la branche.

— C'est idiot, dit la mère en se dégageant.

L'enfant mit les fleurs pâles sur ses lèvres et murmura :

— Comme ça sent bon !

La mère eut un rire bref.

— Non, dit-elle, je ne trouve pas. C'est aux chrysanthèmes que je me suis mariée, et que tu es née ; et la première fois qu'on me l'a rapporté saoul, il avait des chrysanthèmes bruns à sa boutonnière.

Elle observa les enfants. Leurs yeux et leurs bouches ouvertes interrogeaient. Elle se balança un instant sur sa chaise. Puis elle regarda l'horloge.

— Six heures moins vingt !

Sur un ton d'ironie dédaigneuse elle continua :

— Il ne reviendra plus maintenant, jusqu'à ce qu'on le rapporte. Mais il pourra rester là, il ne me salira pas tout avec sa houille, et je ne le laverai pas, il pourra bien rester sur le plancher. Ah ! quelle imbécile j'ai été ! Et voilà pourquoi je suis venue ici, dans ce sale trou de rat, pour le voir s'esquiver, passé sa propre porte... Deux fois la semaine dernière, et voilà que ça recommence !

Elle se tut, et se leva pour desservir.

Durant plus d'une heure les enfants s'absorbèrent à jouer, riches d'inventions, subjugués par la magie de leur propre imagination, unis par le désir de fuir une double et vague angoisse : la colère maternelle, et cette attente inusitée du retour du père. Mrs. Bates s'était installée dans le fauteuil d'osier, occupée à un « singlet », gilet de mineur en grosse flanelle jaunâtre dont la lisière grise se déchirait avec un bruit sourd et plaintif. Elle cousait activement, écoutant jouer les enfants, et sa colère se calmait, s'endormait presque, comme un chien de garde qui somnole, rouvre un œil de temps en temps et veille assidûment, les oreilles dressées. Parfois même sa colère languissait, s'éteignait, et elle arrêtait sa couture, écoutant les pas qui martelaient les traverses au-dehors. Alors elle levait la tête vivement pour faire : chut ! aux enfants, mais elle se retenait à temps, car les pas dépassaient la porte, et ils n'étaient pas arrachés à leur royaume imaginaire.

Mais à la fin Annie soupira, et abandonna le jeu. Elle regarda son chariot plein de pantoufles et s'en dégoûta subitement. Elle se tourna toute dolente vers sa mère.

— Maman ! dit-elle d'une voix molle.

John sortit de dessous le sofa en rampant comme une grenouille. Sa mère l'interpella :

— Regarde-moi ces manches, maintenant !

Le garçon leva les bras pour les regarder, en silence. Alors quelqu'un appela d'une voix enrouée, assez loin en bas de la voie, et dans la chambre l'attente se fit plus aiguë, jusqu'à ce que deux hommes aient passé ensemble en causant.

— C'est l'heure d'aller au lit, dit la mère.
— Papa n'est pas rentré, gémit Annie.
Mais sa mère, pleine de courage :

— Ça ne fait rien. Il reviendra quand on le rapportera, comme une bûche.

Elle ne voulait pas qu'il y eût de scène.

— Et il pourra dormir tant qu'il voudra sur le plancher. Je pense bien qu'il n'ira pas travailler demain, après ça !

Elle leur essuya la figure et les mains avec une flanelle. Ils étaient très sages. Quand ils furent en chemise de nuit, ils dirent leur prière, le petit garçon en ânonnant. La mère, debout, regardait le soyeux buisson brun des boucles emmêlées sur la nuque de la petite fille, la petite tête noire du garçon, et la colère remonta dans son cœur contre leur père qui les rendait malheureux tous les trois. Les enfants cachaient leur figure dans ses jupes pour se rassurer.

Quand Mrs. Bates redescendit, la chambre était étrangement vide, l'atmosphère chargée d'attente angoissée. Elle prit son ouvrage et se mit à coudre, sans lever la tête. Sa colère commençait à se teinter de crainte.

2

La pendule sonna huit heures, et elle se leva tout à coup, jetant son ouvrage sur une chaise. Elle alla à la porte de l'escalier, l'ouvrit, écouta. Puis elle sortit, verrouillant la porte derrière elle.

Quelque chose grouillait dans la cour, et elle sursauta, quoiqu'elle sût que c'étaient seulement les rats dont le quartier était rempli. La nuit était très sombre. Dans le large espace où se déployaient les voies, encombré de wagons plats, il n'y avait pas trace de lumière, au loin on pouvait seulement apercevoir quelques lampes jaunes vers le puits de la mine et la tache rougeâtre du remblai dans la nuit. Elle marcha rapidement le long de la voie, puis, traversant les aiguillages, arriva à la barrière par les portes blanches, d'où elle rejoignit la route. Alors la peur qui l'avait conduite se dissipa. Des gens marchaient vers New Brinsley, elle voyait les lumières des maisons, vingt mètres plus loin brillaient les larges fenêtres du *Prince de Galles*, et on entendait distinctement les grosses voix des hommes. Comme elle était stupide de s'imaginer que quelque chose avait pu lui arriver ! Il était tout simplement en train de boire, là au *Prince de Galles*. Elle hésita. Jamais encore elle n'avait été l'y chercher, et elle n'irait pas. Elle continua son chemin vers les maisons clairsemées, comme une ligne pointillée le long de la grand-route. Elle pénétra dans un passage entre les logements.

— Mr. Rigley ? Oui, c'est ici. Vous voulez le voir ? Non, il n'est pas là pour le moment.

Une femme osseuse se pencha hors de sa sombre arrière-cuisine et regarda curieusement l'arrivante, sur qui tombait une pâle lueur par les persiennes de la cuisine.

— C'est Mrs. Bates ? demanda-t-elle d'une voix teintée de considération.

— Oui. Je voulais savoir si le patron est à la maison. Le mien n'est pas encore rentré.

— Oh vraiment ! Jack est rentré, il a dîné, et puis il est sorti. Il est sorti pour une demi-heure, avant de se coucher. Avez-vous vu au *Prince de Galles* ?

— Non...

— Non, ça ne vous a pas plu. C'est pas très agréable.

L'autre femme était compatissante. Il y eut un silence embarrassé.

— Jack ne m'en a pas parlé — de votre mari, dit-elle.

— Non. Je pense qu'il y a pris racine.

Élisabeth Bates parlait avec un mépris amer. Elle savait que l'autre femme écoutait de sa porte, à travers la cour, mais cela lui était égal. Comme elle s'en retournait :

— Attendez une minute ! Je vais demander à Jack s'il sait où il est, dit Mrs. Rigley.

— Oh non ! Je ne voudrais pas vous déranger.

— Si ! je vais y aller. Voulez-vous seulement faire attention que les gosses ne descendent pas ici pour se flanquer dans le feu.

Élisabeth Bates, murmurant un remerciement, entra dans la maison. La femme s'excusait de l'état de la pièce, chose que la cuisine justifiait pleinement. Des vêtements d'enfants, robes, culottes, chemises, parsemaient les meubles et le plancher, et des jouets s'étalaient partout. Sur la toile cirée noire de la table, des bribes de pain et de gâteau, des miettes, des flaques de thé et une théière refroidie.

— Eh ! la nôtre est toute pareille, dit Élisabeth Bates en regardant la femme, sans examiner la salle.

Mrs. Rigley mit un châle sur sa tête et sortit rapidement, disant :

— J'en ai pour une minute.

L'autre s'assit, et remarqua alors avec une faible désapprobation le désordre de la chambre. Puis elle se mit à compter machinalement les souliers de dimensions variées éparpillés sur le sol. Elle soupira et se dit en contemplant le fouillis : « Pas étonnant ! »

Puis on entendit un grattement de semelles dans la cour, et les Rigley entrèrent. Élisabeth Bates se leva. Rigley était grand, avec de gros os saillants. Sa tête semblait particulièrement osseuse ; à la tempe il portait une cicatrice bleuâtre qui venait d'une blessure reçue à la mine, dans laquelle la poussière de charbon s'était incrustée comme un tatouage.

— Il est donc pas rentré ? demanda l'homme sans aucune formule préliminaire, mais avec une déférente sympathie. Je pourrais pas dire où il est, il est pas là, il hocha la tête dans la direction du *Prince de Galles*.

— P't-être bien qu'il est allé à l'If ? dit Mrs. Rigley.

Il y eut une autre pause. Rigley avait évidemment quelque chose à dire.

— Je l'ai laissé qui finissait sa tâche. Les autres étaient partis depuis dix minutes déjà, et j'y ai crié : « Viens-tu, Walt ? » et il m'a dit : « Va toujours, j'arrive dans une demi-minute », et alors nous sommes allés au puits avec Bowers. On croyait qu'il était juste derrière et qu'il monterait avec la prochaine cage.

Il s'arrêta, embarrassé, comme honteux d'avoir à se justifier de l'abandon d'un copain. Élisabeth Bates, reprise par la certitude d'un malheur, se hâta de le rassurer.

— Je pense qu'il est allé à l'If, comme vous disiez. Ce n'est pas la première fois. Il m'a déjà fait des frousses comme ça. Il reviendra sur les bras des camarades.

— Ah ! c'est-il pas malheureux ! déplora l'autre femme.

— Je vais faire un saut chez Dick pour voir s'il y est, proposa l'homme qui craignait de paraître inquiet, mais avait peur des initiatives.

— Oh ! je ne voudrais pas vous déranger, dit Élisabeth Bates avec une confusion exagérée.

Mais il comprit que son offre la soulageait.

Comme ils remontaient le passage pierreux, Élisabeth Bates entendit la femme de Rigley traverser la cour en courant et ouvrir la porte des voisins. Et soudain tout le sang de son corps sembla s'échapper de son cœur.

— Attention, dit Rigley. J'me suis dit cinquante fois que j'devrais combler ces ornières dans le passage, sans ça on s'y cassera les jambes un jour.

Elle se reprit et se mit à marcher vivement à côté du mineur.

— Je n'aime pas laisser les enfants au lit, tout seuls à la maison, dit-elle.

— Bien sûr ! répliqua-t-il poliment.

Ils arrivèrent bientôt à la porte de la maison.

— Bon ! je ne serais pas longtemps. Ne vous en faites pas, ça ira, dit l'ouvrier.

— Merci beaucoup, Mr. Rigley, répondit-elle.

— De rien, marmonna-t-il en s'en allant. Je ne serai pas long.

La maison était calme. Élisabeth Bates enleva son chapeau et son châle, et roula le tapis de table. Quand elle eut fini, elle s'assit. Il était un peu plus de neuf heures. Un bruit la fit tressaillir : c'était le rapide glissement de la machine d'extraction, et le grincement aigu des freins sur le câble de la descente. De nouveau cette sensation douloureuse de la fuite de son sang, elle mit la main à son côté, et se rabroua elle-même tout haut : « Bon Dieu ! ce n'est que l'équipe de neuf heures qui descend. »

Elle resta immobile à épier. Encore une demi-heure comme cela, et elle serait à bout de forces.

— Pourquoi est-ce que je me ronge comme ça ? dit-elle, prise de pitié pour elle-même. Je vais sûrement me faire du mal.

Elle reprit son ouvrage.

À dix heures et quart elle entendit les pas d'une personne seule, et la porte s'ouvrit.

C'était une femme âgée, en bonnet noir et châle de laine noir ; sa belle-mère, une femme d'une soixantaine d'années, au visage pâle, aux yeux bleus, aux traits mornes et ridés. Elle referma la porte et lança un regard désolé à sa belle-fille.

— Eh ! Lizzie, qu'allons-nous faire, qu'allons-nous faire ? cria-t-elle.

Élisabeth recula un peu, et sèchement :

— Qu'est-ce qu'il y a, mère ? dit-elle.

La vieille femme s'assit sur le canapé.

— Je ne sais pas, mon enfant, je ne peux pas vous dire — elle secouait lentement la tête. Ça n'en finira donc jamais ! Après tout ce que j'ai enduré, c'était pourtant assez !

Elle pleurait sans essuyer ses yeux, les larmes l'inondaient.

— Mais, mère, interrompit Élisabeth, qu'est-ce que ça veut dire ? Qu'est-ce qu'il y a ?

Lentement la vieille femme essuya ses yeux. La source de ses larmes semblait tarie par cette question directe. Elle s'essuyait les yeux, lentement.

— Pauvre enfant ! pauvre petite ! gémit-elle. Je ne sais pas ce que nous allons devenir, je n'en sais rien, et vous dans votre état, c'est terrible, c'est vraiment...

— Il est mort ? demanda-t-elle, et à ces mots elle sentit son cœur battre violemment, et en même temps une honte légère à cette question extravagante.

En tout cas ils épouvantèrent la vieille femme et la firent presque recouvrer son sang-froid.

— Ne dites pas ça, Élisabeth. Il faut espérer que non, que Dieu nous en préserve, Élisabeth ! Jack Rigley est venu au moment où je buvais ma tisane avant de me coucher, et il m'a dit : « Faudrait que vous alliez en bas de la voie, Mrs. Bates, Walt a eu un accident. Faudrait que vous restiez avec elle jusqu'à ce qu'on le ramène. » J'ai pas eu le temps de lui poser une question, il était parti. J'ai mis mon bonnet et je suis venue tout droit, et je me disais : cette pauvre petite, si quelqu'un arrive et lui dit tout d'un coup, on ne sait pas ce qui peut lui arriver. Il ne faut pas vous laisser aller, Lizzie, ou bien vous savez ce qui arrivera. À combien êtes-vous ? six mois ? ou bien cinq, Lizzie ? Ah ! — la vieille femme secoua la tête — le temps passe, le temps passe, oui !

La pensée d'Élisabeth s'activait ailleurs. S'il était mort, pourrait-elle s'en tirer avec sa petite pension et ce qu'elle gagnerait ? Elle fit le compte rapidement. S'il était blessé, elle ne le laisserait pas aller à l'hôpital — comme ce serait fatigant de le soigner — mais peut-être que ce serait l'occasion de lui faire perdre cette affreuse habitude de la boisson. Elle y arriverait, pendant qu'il serait malade. Les larmes lui vinrent presque au bord des cils à ce tableau. Mais qu'est-ce que c'était que ce luxe sentimental ? Elle pensa aux enfants. Dans tous les cas elle leur était absolument nécessaire. C'était son premier devoir.

— Oui, répéta la vieille femme. Il me semble qu'il y a une semaine ou deux qu'il m'apportait sa première paye. Oui, c'était un bon petit, Élisabeth, un bon petit tout de même. Je ne sais pas pourquoi il est devenu si terrible, j'en sais rien. Il était bien gai à la maison, seulement un peu chahuteur. Mais il n'y a pas d'erreur qu'il est devenu impossible, n'y a pas à dire. J'espère que le bon Dieu va l'épargner et qu'il se repentira, je l'espère bien. Vous en avez vu de toutes les couleurs avec lui, Élisabeth, on peut le dire. Mais il était si bon garçon avec moi, je vous assure. Je ne sais pas comment ça c'est fait...

La vieille femme continuait à parler toute seule, en un murmure monotone et agaçant. Élisabeth se concentrait dans ses pensées, et sursauta quand elle entendit la machine d'extraction glisser vivement et les freins crier. Puis la machine ralentit, et les freins se turent. La vieille femme n'y fit pas attention.

Élisabeth attendait, suspendue dans une immobile angoisse. La belle-mère parlait toujours avec des intervalles de silence.

— Mais ce n'est pas votre fils, Lizzie, ça n'est pas la même chose. Moi, je me rappelle toujours, quand il était tout petit, je savais le comprendre, et lui céder quand il fallait. Il faut bien leur céder quelquefois...

Il était dix heures et demie et la vieille femme était en train de dire : « Mais on est toujours dans le malheur, du commencement à la fin, c'est tout pareil, on n'est jamais trop vieux pour ça ; jamais trop vieux... » La barrière du jardin claqua et on entendit des pas lourds sur les marches.

— J'y vais, Lizzie, laissez-moi y aller, cria la vieille femme qui se levait.

Mais déjà Élisabeth était à la porte. Un homme en vêtement de mine était sur le seuil.

— On le rapporte, Madame, dit-il.

Le cœur d'Élisabeth s'arrêta une seconde. Puis il bondit de nouveau, l'étouffant presque.

— Est-ce... très grave ? demanda-t-elle.

L'homme se détourna un peu, fixant la nuit.

— Le docteur a dit qu'il était mort depuis

des heures : il l'a vu dans la cabine des lampes.

Juste derrière Élisabeth, la vieille femme tomba sur une chaise en se tordant les mains.

— Oh ! mon enfant, mon pauvre enfant !

— Chut ! dit Élisabeth, les sourcils sévèrement crispés. Taisez-vous, mère, ne réveillez pas les enfants. Pour rien au monde je ne les voudrais ici.

La vieille femme se mit à gémir doucement, en se balançant de droite à gauche. L'homme allait s'en aller. Élisabeth fit un pas vers lui.

— Comment est-ce arrivé ? demanda-t-elle.

— Eh bien ! je ne sais pas exactement, répondit-il très mal à son aise. Il finissait son ouvrage, les copains étaient partis, et un tas lui est tombé dessus.

— Et l'a écrasé ! cria la veuve avec un frisson.

— Non, dit l'homme, c'est tombé derrière lui. Il tournait le dos et ça ne l'a même pas touché, ça l'a enfermé ; ça semble qu'il a été étouffé.

Élisabeth défaillait. Elle entendit la vieille femme crier derrière elle :

— Quoi ? Qu'est-ce qu'il dit que c'était ?

L'homme répéta plus fort :

— Il a été étouffé.

Alors la vieille femme sanglota tout haut, et Élisabeth reprit ses esprits.

— Oh ! mère, dit-elle en lui posant la main sur l'épaule, ne réveillez pas les enfants, ne réveillez pas les enfants !

Elle eut quelques larmes inconscientes, pendant que la vieille femme se plaignait, se balançant toujours. Alors elle se souvint qu'on allait le rapporter, et qu'elle devait être prête.

Ils vont le mettre dans la salle, se dit-elle, et un instant elle resta pâle et hésitante.

Elle alluma une bougie, et entra dans la petite pièce. L'air était froid et humide, mais elle ne pouvait pas faire de feu, il n'y avait pas de cheminée. Elle posa la bougie, et regarda autour d'elle. La flamme brillait sur le verre du lustre, sur les deux vases où trempaient quelques chrysanthèmes roses, et sur l'acajou foncé. La senteur froide et funèbre des chrysanthèmes flottait dans la chambre. Élisabeth eut un long regard sur les fleurs. Puis elle se retourna, calculant s'il y aurait la place de l'étendre sur le parquet, entre le canapé et le chiffonnier... Elle poussa les chaises de côté. Il y aurait de la place pour le mettre là et pour passer tout autour. Alors elle alla chercher le vieux tapis de table rouge, et un autre vieux morceau d'étoffe, et les étendit pour protéger le petit tapis. Elle tremblait en quittant la pièce ; elle prit une chemise propre dans le tiroir de l'armoire et la mit devant le feu pour l'aérer. Tout ce temps sa belle-mère resta prostrée sur la chaise à gémir.

— Il faudra vous en aller d'ici, mère, dit Élisabeth. On va le rapporter. Venez dans le fauteuil.

La vieille mère se leva machinalement et s'assit dans le fauteuil, se lamentant toujours. Élisabeth alla dans l'office chercher une autre bougie, et là, dans le petit appentis sous les tuiles nues, elle les entendit qui arrivaient. Elle resta immobile dans la porte de l'office à écouter. Elle les entendit dépasser le coin de la maison et monter lourdement jusqu'aux marches, dans une confusion de piétinements traînants et de voix chuchotantes. La vieille femme s'était tue. Les hommes étaient dans la cour.

Alors Élisabeth entendit Matthews, le directeur de la mine qui disait :

— Entre d'abord Jim. Attention !

La porte s'ouvrit lentement, et les deux femmes virent un mineur entrer à reculons dans la pièce, tenant les poignées d'un brancard, sur lequel dépassaient les semelles cloutées du mort. Les deux porteurs s'arrêtèrent, celui qui tenait la tête courbé sous le linteau de la porte.

— Où voulez-vous qu'on le mette ? demanda le directeur, un petit homme à barbe blanche.

Élisabeth se redressa et arriva de l'office, sa bougie non encore allumée à la main.

— Au salon, dit-elle.

— Ici, Jim ! indiqua le directeur, et les porteurs tournèrent vers la petite pièce. Comme ils passaient gauchement le seuil, le manteau dont ils avaient recouvert le corps tomba, et les deux femmes virent leur homme, nu jusqu'à la ceinture, couché tout dépouillé, en tenue de travail. La vieille femme se remit à gémir d'une voix étouffée d'horreur.

— Posez le brancard ici, ordonna le directeur d'une voix sèche, et mettez-le sur le tapis. Attention, voyons, attention ! Regardez ce que vous faites !

Un des hommes avait renversé et brisé un vase de chrysanthèmes qu'il examinait d'un œil stupide. Ils posèrent le brancard. Élisabeth ne regardait pas son mari. Aussitôt qu'elle put entrer dans la pièce, elle ramassa le vase brisé et les fleurs.

— Attendez un peu, dit-elle.

Les trois hommes attendirent en silence

qu'elle ait essuyé l'eau répandue avec un torchon.

— Ah ! quelle affaire ! quelle affaire ! on peut le dire ! disait le directeur en s'épongeant péniblement le front, tout bouleversé. Jamais vu une chose pareille dans ma vie ! Je ne sais pas pourquoi il est resté derrière. Je n'ai jamais vu ça ! C'est tombé derrière lui d'un seul coup, comme ça : ffuit ! et il a été enfermé. Il n'y avait pas quatre pieds d'espace, et pourtant, pas une égratignure !

Il regarda le mort étendu un peu de côté, demi-nu, tout fardé de poussière.

— Asphyxié, le docteur a dit. C'est la plus terrible chose que j'aie jamais vue. Il a été proprement enfermé, comme dans une souricière.

Sa main fit un geste tranchant de haut en bas.

Les mineurs à côté de lui hochèrent la tête en commentaire désolé.

L'horreur de l'événement les poignait tous.

Alors ils entendirent la voix aiguë de la petite fille qui appelait :

— Maman ! maman ! qu'est-ce que c'est ? Maman, qui c'est ?

Élisabeth courut au pied de l'escalier et ouvrit la porte.

— Voulez-vous dormir ! ordonna-t-elle sèchement. Qu'est-ce que ça veut dire de crier comme ça ? Endors-toi tout de suite, ce n'est rien.

Et elle commença à monter l'escalier. Ils entendirent son pas sur les marches de bois, puis sur le plancher carrelé de la petite chambre. Sa voix se détacha nettement.

— Allons, qu'est-ce qu'il y a ? vilaine fille ?

Sa voix sonnait un peu faux, avec une douceur étudiée.

— Je croyais que j'entendais des hommes, dit la voix enfantine, plaintive. Est-ce qu'il est rentré ?

— Oui, ils l'ont rapporté. Ce n'est pas la peine de faire tant d'histoires. Dors maintenant, et sois bien sage.

Ils entendaient parler dans la chambre. Ils attendirent qu'elle ait rebordé les enfants dans leur lit.

— Est-ce qu'il a bu ? demanda la petite, timidement, à voix plus basse.

— Non, non, il n'a pas bu. Il... il dort.

— Il dort en bas ?

— Oui, et ne faites pas de bruit.

Le silence se fit un moment, puis ils entendirent encore l'enfant effrayée :

— Qu'est-ce que c'est que ce bruit ?

— Ce n'est rien, je te dis, pourquoi t'agites-tu comme ça ?

Le bruit, c'étaient les gémissements de la grand-mère. Inconsciente elle recommençait ses plaintes et son balancement sur sa chaise. Le directeur lui posa la main sur le bras et lui ordonna :

— Chut ! chut !

La vieille femme ouvrit les yeux et le regarda. Cette interruption l'avait secouée, et son regard questionnait.

— Quelle heure est-il ? demanda encore la plaintive voix menue, qui retombait en soupirant dans le sommeil.

— Dix heures, répondit la mère plus doucement.

Elle dut se baisser pour les embrasser.

Matthews fit signe aux hommes qu'il était temps de s'en aller. Ils remirent leurs casquettes et enlevèrent le brancard. Ils enjambèrent le corps, et s'en allèrent sur la pointe des pieds. Aucun d'eux ne parla avant d'être très loin des enfants mal endormis.

Quand Élisabeth descendit, elle trouva sa belle-mère seule, assise par terre, penchée sur le mort, qu'elle mouillait de ses larmes.

— Il faut lui faire sa toilette, maintenant, dit l'épouse.

Elle mit la bouilloire au feu, puis s'agenouilla aux pieds et commença à défaire les nœuds des lacets de cuir. La pièce était moite et brumeuse, et si sombre avec cette unique bougie, qu'elle dut se pencher, la figure presque au niveau du plancher. À la fin elle enleva les lourdes bottes et les rangea.

— Il faut m'aider maintenant, murmura-t-elle à la vieille femme.

Ensemble elles le déshabillèrent.

Quand elles se relevèrent et le virent étendu dans la simple dignité de la mort, elles restèrent interdites, prises de respect et de crainte. Quelques instants elles demeurèrent ainsi à le contempler, la vieille mère en pleurs. Élisabeth se sentit écartée. Elle le voyait, couché dans son inviolable éternité, absolument hors d'atteinte. Il n'avait plus rien de commun avec elle. Cela lui fut intolérable ; se penchant, elle posa la main sur lui en revendication. Il était encore chaud, la mine était chaude à l'endroit où il avait péri. Sa mère lui avait pris la tête entre les mains, et murmurait des mots sans suite. Les vieilles larmes tombaient régulièrement, comme les gouttes des feuilles mouillées ; on ne pouvait dire qu'elle pleurait : ses larmes pleuvaient. Élisabeth embrassa le corps de son mari, des joues et des lèvres. Elle semblait écouter, chercher, essayer de trouver un contact. Mais elle ne pouvait pas. Elle restait à l'écart. Il était inexpugnable.

Elle se leva, alla dans la cuisine, elle versa de l'eau chaude dans une cuvette, prit du savon, une flanelle et une serviette fine.

— Je vais le laver, dit-elle.

Alors la vieille mère se leva toute raide, et regarda Élisabeth lui laver soigneusement la figure, essuyer avec précaution la grande moustache blonde. Elle fut prise d'une terreur sans nom, pendant qu'elle s'empressait à le servir. Jalouse, la vieille femme s'écria :

— Laissez-moi l'essuyer.

Et elle s'agenouilla de l'autre côté, essuyant lentement à mesure qu'Élisabeth lavait, et son volumineux bonnet noir effleurait la chevelure sombre de sa belle-fille. Elles travaillèrent en silence un long moment. La présence de la mort ne leur échappait pas une seconde, et le contact du corps leur donnait d'étranges émotions, différentes pour chacune d'elles ; toutes deux étaient possédées d'une terreur profonde, la mère sentant le démenti donné à ses entrailles, la femme descendue au fond de la solitude totale de l'âme humaine, et l'enfant en elle lui semblait un fardeau séparé.

Enfin ce fut terminé. C'était un homme bien bâti, et la boisson n'avait pas laissé de marques sur ses traits. Il était grand, musclé, les membres bien proportionnés. Mais il était mort.

— Que Dieu le bénisse ! soupira la mère, les yeux fixés sur son visage, la voix assourdie d'une frayeur extrême. Cher enfant ! qu'il soit béni !

Paroles faibles et sifflantes, dans une extase d'amour maternel mêlé de terreur.

Tremblante, Élisabeth se laissa tomber sur le parquet et, avec un frisson, mit son visage contre le cou de l'homme. Mais il lui fallut encore s'en éloigner. Il était mort, et sa chair vivante n'avait plus de place contre la sienne. Elle fut saisie d'une immense épouvante et d'une lassitude infinie. Elle ne pouvait rien. À elle aussi, sa vie était partie.

— Blanc comme le lait, le pauvre chéri, frais comme un bébé d'un an !

La vieille marmonnait toute seule.

— Pas une tache sur lui, tout net et blanc, le plus bel enfant qu'on ait jamais vu, murmurait-elle avec fierté.

Élisabeth se cachait la figure dans ses mains.

— Il est parti en paix, Lizzie, on dirait qu'il dort. Comme il est beau, cet agneau ! Oui, il est mort en paix, Lizzie. Sûrement il s'est repenti, Lizzie, enfermé là-dedans, il aura eu le temps. Il n'aurait pas cet air-là, Lizzie, s'il n'avait pas fait sa paix. L'agneau, le cher agneau. Ah ! comme il avait un bon rire. J'aimais tant l'entendre. Il avait un rire si gai, Lizzie, quand il était petit.

Élisabeth le regarda. La bouche pendait un peu, légèrement ouverte sous la moustache. Les yeux mi-clos ne semblaient pas vitreux dans la demi-obscurité. La disparition de cette flamme qui était sa vie le laissait séparé d'elle, et complètement étranger à elle. Elle comprenait à présent combien ils étaient éloignés. Dans son sein montait une épouvante glacée, à cause de cet étranger avec qui elle avait vécu comme une seule chair. Était-ce vraiment cela que masquait la chaleur de la vie : l'isolement complet, absolu ? Terrifiée, elle détourna la tête. C'était trop affreux. Il n'y avait rien eu de commun entre eux, et cependant ils avaient vécu ensemble, ils avaient échangé leurs nudités. Chaque fois qu'il l'avait prise, ils étaient restés deux êtres isolés, aussi loin l'un de l'autre qu'ils l'étaient à cette heure. Ce n'était pas leur faute, ni à lui ni à elle. L'enfant était comme un bloc de glace dans son ventre. Car, pendant qu'elle regardait le mort, sa raison froide et détachée disait nettement : « Que suis-je ? qu'ai-je fait ? Je me suis donnée à un époux qui n'existait pas. C'est celui-là qui existait tout le temps.

Mais quel mal ai-je fait ? Avec quoi donc ai-je vécu ? Voici la réalité : cet homme. » Et son âme s'évanouissait dans l'angoisse : elle comprenait qu'elle ne l'avait jamais connu, que lui ne l'avait jamais connue : ils s'étaient rencontrés dans la nuit et s'étaient appartenu dans la nuit, ne sachant ce qu'ils touchaient, ce qu'ils possédaient. Et maintenant elle voyait clair et se taisait. Car elle s'était trompée. Elle l'avait cru ce qu'il n'était pas, elle l'avait traité comme un compagnon, et pendant tout ce temps il avait été très loin d'elle, vivant d'une vie qui n'était pas la sienne, sentant autrement qu'elle n'avait senti.

Ployée de honte et de terreur, elle regardait ce corps dénudé qu'elle avait faussement connu. Et c'était le père de ses enfants. Elle sentit son âme s'arracher d'elle, et demeurer à son côté. Elle regardait ce corps nu et elle avait honte, comme s'il lui reprochait un mensonge. Après tout c'était bien le même. C'est cela qui lui semblait terrifiant. Elle regarda le visage du mort et tourna sa propre face contre le mur. Car son but n'était pas le sien, sa voie n'était pas la sienne. Elle lui avait refusé son existence réelle, elle le savait à présent. Elle l'avait désavoué dans sa réalité. Et voilà ce qu'avait été sa vie, leur vie. Elle était reconnaissante à la mort, qui ramenait la vérité, pourtant elle se sentait profondément vivante.

Et en même temps son cœur éclatait de chagrin et de pitié pour lui. Comme il avait dû souffrir ! Quelle insondable agonie pour cet être solitaire. Elle était raide d'angoisse. Elle n'avait même pas pu lui porter secours. Il avait souffert cruellement, cet homme nu, cet être inconnu, et elle ne pouvait rien en réparation. Il y avait bien les enfants. Mais les enfants appartenaient à la vie. Ce mort n'avait rien à y voir. Lui et elle n'avaient été que les canaux par où la vie avait passé en ces enfants. Mère, elle comprenait maintenant combien cela avait été terrible d'être épouse. Et lui, le mort, comme il devait trouver cela terrible d'avoir été un époux. Elle savait que dans un autre monde il ne pourrait être qu'un étranger pour elle. S'ils se rencontraient dans l'au-delà, ils ne pourraient qu'être honteux de ce qui avait été. Suivant une volonté mystérieuse, les enfants étaient venus d'eux deux. Mais les enfants ne les avaient pas unis. Maintenant qu'il était mort, elle savait que pour une éternité il était séparé d'elle, pour une éternité ils n'auraient plus jamais rien de commun. Cet épisode était terminé. Ils s'étaient reniés mutuellement dans la vie. À présent lui s'était retiré. Elle tomba dans une agonie de tourments.

C'était fini maintenant, mais le cas était désespéré bien avant qu'il ne meure. Pourtant il avait été son mari. Comme tout cela était peu de chose.

— Avez-vous sa chemise, Élisabeth ?

Élisabeth tourna le dos sans répondre, quoiqu'elle s'efforçât de pleurer et d'agir comme sa belle-mère s'y attendait. Mais elle ne pouvait pas : elle était réduite au silence. Elle alla à la cuisine et revint avec la chemise.

— Elle est aérée, maintenant, dit-elle, tâtant çà et là l'étoffe de coton.

Elle osait à peine le toucher ; quel droit avait-elle — ou n'importe qui d'autre — de porter la main sur lui ? Mais elle le fit avec d'humbles doigts. Ce fut un dur travail de le vêtir, si lourd et inerte. Une frayeur l'agrippait : comment pouvait-il être si pesant, si complètement passif, sans réaction, comme un objet ? L'horrible distance entre eux était presque inconcevable pour elle, il fallait regarder à travers un tel gouffre.

À la fin ce fut terminé. Elles le couvrirent d'un drap et le laissèrent ainsi étendu, la figure bandée. Elle ferma à clef la porte du petit salon, de peur que les enfants ne voient ce qui était là. Alors une lourde paix abattue sur son cœur, elle alla ranger la cuisine. Elle se soumettait à la vie, sa plus proche maîtresse. Mais devant la mort, sa maîtresse suprême, elle se dérobait, humiliée et craintive.

L'épine dans la chair	9
Couleur du printemps	49
L'odeur des chrysanthèmes	83

*Composition Nord Compo
Impression Novoprint
à Barcelone, le 4 décembre 2007
Dépôt légal : décembre 2007*

ISBN 978-2-07-034954-8./Imprimé en Espagne.

154969